ハーレクイン文庫

恋愛キャンペーン

ペニー・ジョーダン

小林町子 訳

HARLEQUIN
BUNKO

CAMPAIGN FOR LOVING

by Penny Jordan

Published by Harlequin Japan, a Division of K.K. HarperCollins Japan, 2024

恋愛キャンペーン

◆主要登場人物

ジェイム・テンプルトン……ダンス教師。
ブレーク・テンプルトン……ジェイムの夫。レポーター。作家。
ファーン……………………ジェイムとブレークの娘。
サラ・カミングス…………ジェイムの母。
チャールズ・トムソン……ジェイムの幼なじみ。
カロライン・トラヴァース…ジェイムの同級生。
スージー・モンテス………ブレークの元恋人。

1

小型車《ミニ》の鍵《かぎ》をあけて時計に目を落としたジェイムは、ほっとため息をついた。三時。まだ時間は充分ある。これから保育園へ三歳の娘を迎えに行くところだ。

母はこのドーセットへ戻るようしきりとすすめたが、ジェイムとしては夫のブレークと一年半暮らしたロンドンを離れるにしのびなかった。今思えば、いつの日かブレークが会いに来て、自分のもとへ帰ってくれと言うのではないかと、はかない希望をいだいていたからなのだ。まったく二十二歳にしてはあきれるほど世間知らずだった。ブレークのさめた態度を見れば彼が何を考えているかわかりそうなものなのに、スージー・モンテスにすばりと言われるまで気づかなかったとは！　スージーとブレークは何年もグローブ新聞社の海外部に勤務していて、かつては深い仲だったという。ブレークもその事実をはっきり認めている。ジェイムに対して常に反感をいだいていたスージーは、得々として告げた。

「あなたのご主人、編集長に海外派遣を願い出たわ。エル・サルバドルの戦争報道のためにね」それは、ジェイムがブレークをなじった翌日のできごとだった。前の日、ジェイムは彼が仕事ばかりしていて家庭をかえりみないと怒り、仕事とわたしとどっちを取るの、とヒステリックに迫ったのだ。

スージーは、パーティーに二人を招待したいという名目で訪ねてきたのだった。だが、ジェイムはパーティーはおろか、ブレークが帰宅するのも待たずに手まわり品をまとめて友達のフラットに身を寄せた。そこで二週間、彼が連れ戻しに来てくれるのを待ったが、結局彼は現れなかった。

そのころ、前からうすうす気づいていたことがはっきりした。子供ができたのだ。むしように腹立たしく、感情的になってブレークに手紙を書いた。だが、返事はこなかった。それは、ジェイムに会う気もなく、子供もほしくないという意思表示にほかならない。つまり、和解か別離かの選択を任された彼は、別離のほうを選んだのだ。普通なら耐えられないところだっただろうが、妊娠という事実は苦痛を包み隠してくれた。あとになってブレークから手紙がきたが、開封もせずに送り返した。母のすすめに従って実家に戻ったのもこのころだった。ブレークからは経済的援助を受けまいと決意した以上、ほかに生計を立てる方法がなかったからだ。ブレークはもともと子供をほしがらない人だった。家族をかかえるのは彼のライフスタイルにそぐわない。したがって彼としては妻を持つのがやっとで子供などもってのほかというわけだ。その問題で二人はよく言い合いをした。

わたしたち、結婚しなければよかったんだわ。そう思いながらジェイムはダンススタジオに使っている古い校舎をあとにし、でこぼこ道を町へ向かった。結婚するようなことになったのはジェイムのせいなのだ。ブレークは単に男と女のつき合いを楽しみたかっただけなのに、幼稚なジェイムは本気で彼に夢中になってしまった。ジェイムに男性経験がなかったことを知ったブレークは責任を感じ、知り合って半年後にジェイムと結婚したのである。

最初から、ジェイムには自分がブレークの世界にふさわしくないとわかっていた。友達と母にせきたてられてロンドンへ出たものの、生まれつきはにかみ屋で引っ込み思案のジェイムには故郷の静かな生活が恋しかった。もちろん景気のいい広告代理店の秘書の仕事はそれなりに面白かったが、小さな町への愛着は消えなかった。ブレークに会ったのはあるパーティーのときだった。なんといっても彼が特別な関心を示してくれたのがうれしく、すっかりぼうっとしてしまった。ハート形の顔や濃い青い色の目、黒い髪、柳のような細い体――そうした自分にまったく魅力がないと思っていたわけではないが、ロンドンの男性はそれだけでは満足しない。彼らと同じレベルで会話を交わせるような機知に富んだ女性が好きなのだ。世慣れていて大人で、すぐ赤くなったり口ごもったりしない女性が。

ブレークが何者であるかは会ったとたんにわかった。テレビの報道番組に出ていたからだ。ただ、すらりとした体や日焼けした顔、クールなムードなどは、実物のほうがはるかにすてきだった。彼の緑色の目は最初笑いを含んでいたが、間もなく興味ありげにジェイムを見回し始めた。ジェイムは実際に手を触れられているような気になり、思わず息をのんだ。ブレーク！　今も彼を思い出すと胸がどきどきする。彼はまず徐々にジェイムを殻の中から引っ張り出し、やがて情熱的な恋人となって愛の喜びを教え、同時にその喜びを分かち合う幸せを教えた。ブレークは日常生活にさわやかな刺激を与えてくれた。しかし、彼と肩を並べるには至らない、そのためにやがては彼にあきられるだろう、と思うと、絶えず不安がつきまとう。結婚する前、ブレークはあか抜けた美しい女たちとつき合っていた。ひそかに彼女たちとわが身を比較し、とてもかなわないと思ったことが何度あったことか……。たまたまうっかり「あなたを愛しているわ。あなたが最初の人なのよ」と口をすべらしたためこういう結果になったが、それがなければおそらく彼は結婚しようなどと言わなかっただろう。

「彼があなたと結婚したのは、結婚を餌《えさ》にしなくちゃベッドへ誘えなかったからよ」とスージーはさげすむように言った。「かわいそうだけど、あなたたちはそろそろ終わりね。彼はもうあなたにうんざりしてるもの。ブレークってそういう人なのよ。ほしいものがあると夢中になって追いかけちゃうの。だからレポーターとして成功してるんだけど。彼にすればあなたはしとめてみたい獲物だったわけよ」

ジェイムはそうしたブレークを理解しようともせず、もっと出張の少ない仕事に変わってくれと頼んだりさえした。それが最後のけんかの原因になったのだ。きっと幼いときに父を亡くし、いつも心に一つの未来図を描き続けてきたからだろう。夫と二人の子供に囲まれた温かい家庭、生まれ育った町と同様に住み心地いい土地での心静かな生活——ブレークのライフスタイルからはほど遠い世界だった。

周囲の人は、ジェイムがすでにブレークを忘れ、ショックから立ち直ったものと思っている。娘のファーンには父親の話を隠さず聞かせたし、人に何かたずねられればいやがらずに答えた。しかし、自分ではちゃんとわかっている。今もブレークを愛しているということを。彼を慕う気持は、彼のもとを去ったあの日と少しも変わっていない。とはいえ、この四年でジェイムもずいぶん大人になった。少なくとも、ブレークの仕事や人生は彼が自らの意思で選ぶのが当然だと思えるようになった。けれど、いずれにせよ彼から離れたのは愚かだった。その行動に対する悔いは依然として消えない。ずっと彼と一緒に暮らしていたら、たぶん二人で何かしら築き上げて……やめよう。もう過ぎたことだ。ブレークの態度を見れば、どれほど結婚したことを後悔しているか明らかではないか。最初から子供がほしくなかったとはいえ、ファーンに会わせてくれと言ってきたことすらないのだから。母と娘の生活費を出すとは言ったが、娘の顔を見たいとは一度も言わなかった。

幼なじみのチャールズ・トムソンは、離婚すべきだとしきりに言う。チャールズは、ジェイムさえよければ明日にでも結婚する気でいる。皮肉にも、彼はジェイムが子供心にいだいていた夫および父親のイメージそのものでいながら、さめたライスプディング同様なんの魅力もない。ブレークによって目覚めた体は、本能的にチャールズを拒んでしまう。

保育園の外に車を止めてジェイムは考え続けた。離婚しないのは、再婚する意思がないからだ。だが、ブレークのほうはどうなのだろう？　離婚を申し入れてこないのは、単に正式な手続きをとる暇がないからなのだろうか？　それとも、二度と同じ過ちを犯したくないために、再婚する気になれないのだろうか？　けれど、ジェイムと違ってブレークには生活をともにできる異性とのつき合いがあるはずだ。美しい女性のエスコートをしている彼の写真を、何度か写真で見たことがある。

「ママ……ママ……」

じれったそうな子供の声がジェイムを現実に引き戻した。ファーンはブレークに生き写しだ。ダークブラウンの髪、グリーンの目。性格まで彼に似て現実的であり、夢を追ったりはしない。なにしろひどく聞きわけのいい子で、ときとしてジェイムは自分のほうが娘であるような変な錯覚に陥る。ファーンは父親がいないという事実も冷静に受けとめているようだ。写真で父親の顔を見ているし、現在ロンドンで仕事しているのも知っている。だが、会いたいとだだをこねるようなことはない。

「……チャイルズ先生がお話ししてくれたけど……あんなの嘘《うそ》よ。あたし、知ってるもん。かえるは王子さまになんかならないんだから……」

ジェイムは、娘のばかにしたような目をちらりと見てため息をついた。わたしは十歳くらいまでおとぎばなしを信じていたのに。

「ママったらまたぼんやりしてる……」子供ながらきびきびした声でファーンは言った。「おばあちゃま、ママのことをいつも夢見てる、って言うわ」

夜ファーンを寝かせてからこの話をすると、サラ・カミングスは声をあげて笑った。十八歳で結婚し、十九歳でジェイムを産んだサラは、ジェイムの目から見ればあまりにも若くはつらつとしていて、〝おばあちゃま〟と呼ぶにはおよそ似つかわしくない。ブロンドの髪はだいぶ白くなってきたが、体つきは昔と変わらず若々しく、今でもバイタリティにあふれている。共同経営者と町中《まちなか》に出している古美術店が繁盛しているのも、サラがお客を引きつけるからだろう。

「ファーンはわたしと同じなのよ」母は一人納得したように言った。「牡牛座で、現実的で……」

「そう？　わたしは、なんてブレークに似てるんだろうとさっき思ってたの」

「またお父さんがいないのを心配してるの？　もうおやめなさい」サラはジェイムの気持を察してさりげなく続けた。「あの子のためにチャールズと結婚しようと思ってるんだったら、ちょっと疑問よ。ファーンはあの人をなめてかかってるわ」

チャールズがファーンにおされぎみなのは、ジェイムにもわかっている。一人っ子のチャールズは子供をどう扱ったらいいかわからないらしく、ファーンの前では決まってまごついてしまうのだ。その辺を鋭く感じ取っているファーンは、彼の弱みにつけ込んで無遠慮な振る舞いをする。

「スタジオのことは何も心配ないでしょ?」サラは、顔をしかめている娘にたずねた。

「どうにかお金になりだしたんですもの、これでひと安心てところじゃない?」

「そうよ」一家に戻った当初、ジェイムは全面的に母の世話になっていた。だが、ファーンを保育園に入れてから体操とダンスを学び、指導員の資格を取って自分の教室を開いたのだ。幸い廃校になった学校の校舎を安く借りられ、評判もよくて町の人たちの間ではかなり知られてきている。自分の努力と技術によって何かをなしとげたという事実は、ジェイムに大きな自信を与えた。もの静かで落ち着いて見えるため人にはわからなかったが、かつては生活力のない自分がどれほどいやだったかしれない。それなりに一生懸命生きていこうと冷静になれたのは、ブレークと別れたあとだった。

「それじゃ、何が気になるの?」サラは鋭く突っ込んできた。

「今日、チャールズが会いに来たの。カロラインが宅地開発業者に僧院を売るらしいんですって。そうなれば、業者はあの建物を壊して団地を造るだろうって言うのよ」

「ふうん……でも、あそこを売るわけにはいかないんじゃない? なにしろ文化財に指定された建物なんだから」

「だけど、カロラインはそんなことおかまいなしの人よ」

ジェイムとカロライン・トラヴァースは同じ学校に通った間柄だが、どう考えても仲よしだったとはいえない。カロラインの父親は事業に成功してひと財産築き、昔僧院だった大きな屋敷を買い取って引退した。カロラインは父から莫大《ばくだい》な遺産を受け継いだが、浪費家である上、僧院と呼ばれているその屋敷にはもともとなんの愛着も感じていない。

「チャールズは、わたしにカロラインのところへ行けって言うの。考え直すように説得してくれって……」

「どうして自分で行かないの?」サラはずけずけと言った。「まったくだらしがないったらありゃしない。自分が行ったら、逆にカロラインに説き伏せられちゃうと思って恐れをなしてるんでしょ?」

母の洞察力はたいしたものだ。ジェイムは笑って彼を弁護した。「そういうわけじゃないけど、最初はわたしが行くほうがいいって言うの。女性には女性が話を持ちかけるほうがうまくいくから」

「男を手玉に取る名人には、女性が近づくほうが安全だって言いたかったんでしょ? 本当にチャールズって腰抜けなんだから。あなたもあなたよ。どうしてあんな人とつき合ってるの?」

「だって、幼なじみだし、今はわたしの弁護士になってくれてるし……」

「虫よけにもなるし? ジェイム、あなたは二十六歳でまだまだ魅力たっぷりの若い女性なのよ。なにも好き好んでベールの陰に隠れる必要はないわ。もったいないわよ」

「あら、お母さんがお父さんを亡くしたのは今のわたしより若いときでしょう?」

「そうよ。でも、わたしは男の人とのつき合いをいっさい断ってしまったわけではないわ」

「だけど、再婚しなかったじゃないの」

「それは、一人でいるほうがよかったからよ。あなたは違うわ。あなたはね、誰かの奥さんになるほうが合ってるの。わたしは自立して生きるのが好きだし、当時としては翔《と》んでる女で、主婦向きじゃなかったのよ。もちろんお父さまをとても愛していたわ。でも、わたしはあなたみたいに尼さん同然の生活をしてきたんじゃないのよ。ブレークが……」

「ブレークの話はしたくないわ」

　心の中を読まれてはいけないと思い、ジェイムは顔をそむけた。母はジェイムがまだブレークを愛しているということを知らない。ブレークの話が出るたびに、ジェイムは花が花弁を閉じるように口を閉ざしてしまうのだ。母はことのほかブレークが気に入っていた。よほど気が合うのか、二人はよく話をしては笑い声をたてた。ブレークの太い笑い声を聞いて何度うらやましく思ったか……。彼と打ちとけてつき合える母がねたましくさえなったものだ。もっともねたましさは彼のそばにいる人すべてに感じたのだが。ジェイムは飲み物を取りに行くと口実をつけて台所に立ち、ひそかにつぶやいた。ブレークに愛想をつかされたのも当然だわ。よく一年半も我慢してくれたこと！　誰だってあんなやきもちやきの奥さんなんか好きじゃないもの。過保護の子供みたいに、もっとそばにいてくれなくちゃいやだとだだをこねたりして……。あれは、ブレークをものすごく愛していたから、さらに、彼が自分のように熱烈に愛してはくれないという不安におびえていたからにほかならない。ブレークはそうした妻の独占欲に息苦しくなり、逃げ出してしまったのだ。どれほど自分の態度を悔やみ、やり直したいと願っただろう！　でも、そんなことは誰も知らない。ジェイムは機械的にコーヒーに手を伸ばした。母もブレークの話題は努めて避けているが、ジェイムが彼を憎んでいるゆえにタブーなのだと思っている。家へ帰ってきたときに、ジェイムがそう口走ったからだ。あのときは事実を認めたくないばかりに、彼をののしるしかなかった。やがて自分の心にあるものが憎しみではないと気づいたが、母には何も言わなかった。

チャールズが同情を寄せてくれたときは、もう少しで真実を打ち明けてしまいそうになった。つまり、何もかも自分が悪いのだと。ファーンが生まれてからの三年間、ブレークを恋しく思わなかった夜はひと夜とてなかった。しかし、最終的な不和の原因を作ったとはいえ、ファーンを産んだことに悔いはない。ただ、不注意を装ってみごもっただけに、彼に子供はいらないとはっきり意思表示されたときはショックだった。けれど、もう過去を掘り返すのはやめよう。

「たぶん、お母さんの言うとおりね」ジェイムはコーヒーをお盆にのせ、小ぢんまりした居間に戻った「チャールズに離婚の手続きを頼んでみるわ」

サラはちらりと眉根を寄せたが、お盆の上にかがみ込んでいたジェイムはまったく気づかなかった。母のその表情はすぐに消え去り、ジェイムが目を上げたときは明るく穏やかな顔つきに戻っていた。

「チャールズは僧院を守る会を作って、あの建物を壊さないように正式な申し入れをするんですって。それで、わたしをその保存委員会の理事にしたいって言うの」

「引き受ける気?」

「そのつもりよ。由緒あるいい建物ですもの」

「由緒ある建物っていえば、わたしやっとお休みを取ることに決めたのよ。来月、十日ばかりローマへ行ってくるわ」

「ヘンリーには断ったの？　いいって？」

ヘンリー・オリヴァーは母の共同経営者で、昔から誠心誠意母のことを考えてくれている。

「そこが雇われの身じゃない人間の強みよ」サラはにっこりした。「わたしはあの人のお許しをもらう必要なんかないの」

一週間後、チャールズは僧院取り壊しに反対する運動のやり方について話し合うため、会合を開いた。ジェイムが目にかぶさってくる巻き毛をかき上げては一生懸命ノートをとっているとき、耳元で男の声がした。

「そうやってノートをとってると、まるで十六歳くらいに見えるな。どう？　会が終わったら一緒に食事でも？」

「いいえ、結構よ、ポール」

ポール・デーヴィスはこの地方のラジオ放送局局長をしているいわば名士だ。もちろん妻帯者だが、奥さんに対しても女道楽を隠そうとしない。

「相変わらずお堅いね」

ジェイムは会合のほうに気持を戻した。チャールズがしゃべっている。例によってだらだらした長広舌ぶり！　今夜は母が出かけているのでファーンを隣のウィドウズ夫人に預け、八時に帰ると約束して来たのだ。もう七時。ポール・デーヴィスも腕時計に目を落とし、チャールズの話がひと区切りするや、すかさず立ち上がって今日はこれまでにしようと言い放った。チャールズはうろたえた顔をしている。〝セントバーナード犬が怒っているときみたい〟とジェイムはひそかに思った。

「まだ話は終わってなかったのに」チャールズは皆が引きあげてから不服顔で言った。

「カロラインには会ったかい？」

「まだよ。明日会いに行くわ。でも、わたしたち昔からあまり折り合いがよくなかったのよ。いい結果は期待できないと思うわ」

「かまわないよ。ぼくらが本気で運動し始めたってことだけでもわかればいいさ。とにかく、あの建物は文化財に指定されているんだから……」

心ない人々のために瓦礫《がれき》の山となったたくさんの文化財が脳裏をかすめる。けれど、ジェイムは何も言わなかった。すぐに帰らないとファーンとの約束の時間に遅れてしまう。

家に向かう途中僧院の前を通ったとき、一台の車が門の中に入っていった。ちらりと見たところ、運転していたのは男性。カロラインの取り巻きの一人だろうか？　おそらく、中でもとび抜けて裕福な男に違いない。車はぱっと目を引く黒いフェラーリだった。

「違う……そうじゃないってば……」ファーンのかん高い声を耳にしながら、ジェイムはウィドウズ夫人の家のドアをたたいた。

「おばちゃまにおうちを作ってあげてたのよ」ファーンはジェイムの顔を見て言った。「ママが出かけてすぐ電話が鳴ったの。男の人からで、おばあちゃまいますか、って。あたしのこと、なんてお名前？　ってきいたわ。とってもいいおじちゃまだったよ」

ファーンが大人についてよし悪《あ》しを言うのは珍しい。しかし母はまだ帰宅していなかったため、ファーンの心をとらえた男性が誰だったのかはわからずじまいだった。

あくる日の午後、ジェイムは勇気をふるってカロラインの家に向かった。ファーンを連れていくなんて卑劣な気がしたが、チャールズが朝電話してきてファーンと一緒に行きなさいとしつこく言い張ったのだ。話し合いに神経をとがらすより、気持をまぎらすものがあったほうがいいからと。

カロラインはジェイムに好意的だったことがない。年は同じでも、考え方がまったく違うのだ。結婚式に来たときのカロラインを今もまざまざと思い出す。無理やりもぎ取っていきたそうな目でブレークを見ていたっけ……。もっとも、ブレークの男らしさやセックスアピールに惹《ひ》かれない女性はないといってもいい。結婚して間もなく、女性たちが彼に特別なまなざしを投げているのに気づいた。みんな心の中で彼を自分の恋人に仕立てているのだ。そのためにどれほど激しい嫉妬《しっと》にかりたてられたことだろう。ブレークにすれば、ああいうセクシーで大胆な女たちのほうがジェイムよりいいに決まっている。

晴れた美しい日なので、僧院まで歩いていくことにした。〝本当はカロラインに会うのを少しでも遅らせたいからでしょ?〟とささやく声がする。〝いいえ、違うわ〟と人知れず答えながら、ジェイムはファーンにサンダルをはかせた。

ファーンはきっと美しい娘に成長するだろう。そうなったときこそ、母親として胸を張って生きていけそうな気がする。

「あたし、このグリーンの服大好き」ファーンはすっかりご満悦だった。

「あなたの目に合ってて、よく似合うわ。さ、行きましょうか?」

「うん。あたし、ママの服も好きよ」

ジェイムが着ているのは、去年母がプレゼントしてくれた服だった。細い肩ひものついた白いシンプルなコットンのドレスで、スカートはAライン。暑い午後にはぴったりだ。日焼けした腕や肩が、白い生地にまぶしく映える。お化粧やヘアスタイルにはいつも以上に気を遣った。〝うれしいときのきみの目はサファイアみたいだ〟といつかブレークは言った。その日に合わせて彼はサファイアのエンゲージリングを贈ってくれたが、今はつける気になれない。彼を思い出せば苦痛と後悔の念にさいなまれるだけだから。

ファーンと連れだって出かけるのは楽しい。ジェイムはかたわらでしゃべり続けるファーンに歩調を合わせて、ゆっくりと僧院まで足を運んだ。

「大きなおうちね、ママ！」庭内路を入ったところでファーンが言った。「でも、あたし、おばあちゃまのおうちが一番好き」

ファーンはことさら教えなくても優雅な立ち居振る舞いを身につけている。ジェイム自身は気づいていないが、ファーンのそうしたしなやかな身のこなしは母親譲りなのだ。ジェイムはもともと踊るのが好きだった。人に教えている今、生徒たちがそれなりに上達し喜ぶのを見ると、言いようもない満足感を覚える。ファーンが群がって咲いている花をそばで見ようとして手を引っ張った。娘が明るい性格に生まれついてくれたのは本当に幸いだった。この分ならジェイムのように引っ込み思案になったりせず、伸び伸びと生きていくさんあるんだから」しかし、自立心旺盛《おうせい》な母や娘とは反対に、ジェイムは自分だけの力でやっていけるという確信を持てなかった。
くだろう。「もっと自信を持ちなさいよ」と母はよく言った。「あなたにはいいところがた

つたのからんだ灰色の建物が目の前に迫った。取りたてて言うほど美しくはないが、そのまろやかな雰囲気はいつ見ても心を打つ。修道院として建てられた当初の建物はほとんど残っておらず、現存しているのはチャールズ二世のころに建て直されたものだ。階下《した》の部屋は陰気で気がめいるとカロラインは口をとがらすが、ジェイムは好きだった。

玄関に出てきたのは家政婦のマーチ夫人で、ファーンを見るやうれしそうに目を輝かした。ファーンも愛嬌《あいきょう》を振りまいている。

「いらっしゃい。お台所でおばさんの作ったジンジャーブレッドをおあがりなさいな」マーチ夫人はそれがジェイムの精神的支えを奪うことになるとは夢にも思っていない。「カロラインさまは客間にいらっしゃいますから、どうぞお通りください」

ファーンは振り向きもせずにマーチ夫人についていく。マーチ夫人はジェイムがなんの用事で来たかわかっているに違いない。客間はカロラインの好みに合わせてすっかり模様替えされていた。上品なしっくいの天井やジョージ王朝時代の暖炉はそのままだが、彼女の父親が取りつけた羽目板は外され、近代的なイタリア家具が並んでいる。冷たい硬い感じがしてジェイムは好きになれないが、カロラインの美しさを引きたてるには格好の背景

だ。彼女はいつもながらに念入りにメイクアップをして、柔らかなカーキ色の絹のブラウスと革のスラックスに身を包んでいる。顔のまわりにカールする濃い赤い髪は、服の色に映えていちだんと目を引く。学校を出てすぐモデルになったカロラインは、自分を魅力的に見せるこつを心得ているらしい。彼女を見ていると、結婚前と言わずあとと言わずブレークにつきまとっていた女たちを思い出す。思いのままに生きている、打算的でぜいたくで美しい恋盗人。ジェイムなどとてもたち打ちできない女たち。「なんでそんなことを気にするの？」母は、ジェイムが不安を打ち明けると軽く受け流した。「ブレークはあなたを選んだのよ」だが、ジェイムは後ろめたい思いを捨て切れなかった。自分がブレークを結婚に追い込んだのだ。けれど、母にはそんなことを言うわけにはいかない。人を頼らずに生きている母に比べ、男性に依存したがる自分のだらしなさが恥ずかしかった。それに、母が自分に失望していること、口にこそ出さないがじれったく思っていることもわかっていた。「あなたは自分を卑下しすぎるわ」と、サラは口癖のように言った。そうしたジェイムだったから、けばけばしいカロラインより自分の飾らない美しさに世間の人が惹かれるとは想像だにしなかった。

「まあ、親切おばさんじゃないの。お珍しいこと」

カロラインはさっそくいやみがましく学校時代のニックネームを持ち出した。ジェイムはかっと顔が熱くなったが、懸命に気持を静めた。

「なんの用事かはきくまでもないわね」カロラインはさげすみの色を浮かべて続けた。

「それにしても、忠実なナイトはどうなさったの?」

「チャールズのことだったら、会合があってドーチェスターへ行ってるわ」ジェイムは冷静に答えた。「カロライン、まさか本気でこの家を宅地開発業者に売ろうと思っているわけじゃないでしょう?」

「あら、売ったっていいじゃないの。何をしようとわたしの勝手よ」ジェイムに椅子をすすめもしないまま、カロラインは趣味の悪いモダンな椅子に腰を下ろし足を組み合わせた。ジェイムなど相手にもならない人と言いたげな様子だ。

「でも、文化財に指定されているのよ」穏やかに言うジェイムに対し、カロラインは肩をすくめた。

「だから何? それほど愛着があるのなら、あなたが買えばいいじゃないの。今のところ二十五万ポンドの値がついているけど、それ以上出せばいつでも買えるわ」カロラインはジェイムの表情を見て耳ざわりな笑い声をたてた。

そのとき、つとファーンのうわずった声が耳に飛び込んできた。ガラス張りのドアから外を見ると、娘はそばにいる男性とうれしそうにおしゃべりしながら庭を横切ってくるところだった。

体をかがめてファーンの話に耳を傾けているその男性を見たとたん、ジェイムの心臓は一瞬止まり、それから早鐘のように打ちだした。体が震え、目がかすむ。頭を寄せ合っている二人の髪は同じダークブラウンで、まるで一つの頭を見ているような錯覚に陥る。カロラインは立ち上がり、庭に通じるガラス張りのドアをあけた。

「ブレーク、仕事中じゃなかったの?」彼女はとげのある目でジェイムの青ざめた顔を見た。「かわいそうにジェイムはショックだったみたいよ。ここへ来るってこと、彼女に知らせなかったのね?」

動揺したジェイムも、ブレークが彫りの深い浅黒い顔を向けたときにはある程度落ち着きを取り戻していた。

「このところぼくたちは音信不通だったんだ」

よそよそしい口ぶり、さめたグリーンの目……ジェイムは胸がむかついた。かつてこの冷たいハンサムな男に抱かれたことも、この人が娘の父親なのだということも、とても信じられない。

「本当にそうね」

「あなたたちが夫婦だなんて思えないわ」カロラインがじわりと口をはさんだ。「でも、ファーンがいるからには夫婦なんだわね」

ファーン! 震えをおさえ、ジェイムは娘のきらきらする瞳を見つめた。

「あたしのパパよ」ファーンはもったいぶって告げた。「お庭で会ったの。お花を見てたんですって。あたし、ファーンよ、って言ったの。そしたら、パパだよ、って」

「ファーン、もう帰りましょう」ジェイムはか細い声で話しかけた。「マーチさんに、ジンジャーブレッドごちそうさまでした、って言ってらっしゃい」

ファーンをせきたてて台所に向かうと、後ろからカロラインの声が聞こえてきた。「邪魔が入って悪かったわね、ブレーク。マーチさんがいけないのよ。子供を一人で庭に出したりして」

さっさとその場を遠ざかったため、ブレークの返事は聞き取れなかった。どうして聞いてなどいられよう。ブレークが娘をどう見ているかはわかっていた。妻と同様、いないほうがよかったと、足手まといだと、思っているのだ。

2

「そうなのよ。僧院にいるんですって。小説を書いてるんだとか、書くつもりなんだとか……」小さい郵便局の中の話し声はそこでとぎれた。ジェイムが足を踏み入れたからだ。誰の話かは言わずと知れている。ジェイムは真っ赤になった。ブレークが来ていることはすでに知れ渡り、このところどこへ行っても哀れみの目で見られる。スタジオでさえ、生徒たちの間に何かしら同情的ムードが漂っているほどだ。

「ぞっとするわ」ジェイムは母にこぼした。「まるで不治の病にでもかかったみたい」

「みんなあなたを傷つけちゃいけないと思うからよ。あなたがあっけらかんとしていれば、世間の人も気を遣わなくなるわ」

「なんだってブレークはここに来たのかしら？」

「カロラインが言うとおり、原稿を書きに来ただけでしょう」

「カロラインと特別な間柄だってことを、わたしに見せびらかしたいのかもしれないわ」

「どうして今さらブレークがそんなことをするの？」母はちらりと鋭いまなざしを向けた。

「あなたたちは四年も会ってないのよ。カロラインが好きなら、ブレークはとっくに堂々とつき合っていたはずじゃない？　そもそも、カロラインはブレークの好みじゃないわ」

「それだったら、なぜここへ原稿書きに来たりするの？」

「ジェイム、わたしもブレークがここへ来た理由は知らないわ。知りたかったら、あなた直接ブレークに会ってきいたらどう？」

「それにしても、ファーンに自分が父親だって言うなんて！」母の言うことは相変わらず公平で客観的だ。どうして理屈抜きに娘の味方をしないのだろう？　あまりにもかたよりのないその意見には、怖くなると同時につい反発したくなってしまう。

「でも、父親には違いないのよ」サラは穏やかにさとすように言った。「あなたいつもなんて言ってた？　ブレークは子供をほしがらないって怒ってたでしょう？　子供に近寄ってくるくらいなら結構じゃないの。それとも、ファーンの前から追い払いたいの？」

「あの人がファーンに会いたいだけでここへ来るはずはないわ」

「ジェイム、あなたがそんな気持じゃ話にならないわよ。ブレークに会ってショックを受けたのはわかるけど、ファーンのためを思えばあの人が嫌いだなんて言っていられないでしょう？　ファーンの実の父親なんだから。自分がけんか別れした相手は永遠に許さないつもり？　そんなことしていいと思うの？」サラは問い詰めてから声をやわらげた。「ブレークもきっと変わったでしょう。時がたてば、人は変わるものよ。ジェイム、早合点はよしなさい。ブレークがカロラインとの仲を見せつけようとしているなんて、とても考えられないわ。あの人は陰険なことをするタイプの男性じゃないもの。さあ、今日は買い物に行かなくちゃ。ローマで着る服がいるから。お茶の時間までには帰るわ」

水曜日の午後はレッスンがないので、たいていファーンと過ごす。ちょうどファーンを保育園から連れて帰って飲み物の用意をしているとき、外で車の止まる音がした。三軒並んだ家の真ん中にあたる母の家は、広い前庭と気持のよい裏庭をそなえている。ダイニングキッチンの窓からその庭の彼方に目を向けたジェイムは、心臓が止まるかと思った。この前僧院の入口で見かけた黒いフェラーリからブレークがすらりと細い体を現し、庭木戸の鍵《かぎ》を外そうとしているのだ。

「ママ、また夢を見てる」かたわらでファーンの声がする。逃げたい！　でも、どこへ？　第一、そういう子供っぽい行為はロンドンに置いてきたはずではないか。

ジェイムはドアをあけて彼を迎え入れた。ジーンズを身につけ、浅黒い肌を見せて脅すように見下ろしているブレークは、親しみやすく見えながらひどくよそよそしい。彼に会うといつも心が乱れる。その男らしさがジェイムの中に潜む女の性《さが》に呼びかけ、胸にうずきを感じさせるのだ。

「ものわかりがよくなったね」ブレークはばかにしたような目つきをした。「ドアをぶち破らなくちゃ中に入れないかと思った。きみはドラマチックなのが好きだからな」

「そうね。ただし、どたばた喜劇は好きじゃないけど。うちには裏口もあるのよ。しかもあいてるわ」

「真面目に聞いてくれ。話がある」

「話？　いったいなんの？」

「まず、ファーンのことだ」

「ああ、そうね」今度はジェイムがさげすみの色を浮かべた。「あなたが娘に関心をお持ちだとはぞんじませんでしたわ。ごめんなさい」

「今まであの子について何も言わなかった理由はわかってるだろう」ブレークは怒っているのかと思うほどぴしりと言って口をつぐんだ。

「ファーンのことは別にして、どうしてここへ来たの？」

「カロラインから聞いたと思うけど、静かなところで原稿書きをしたかったからだよ」

「そう？　前はロンドンのフラットでもちゃんと書けたのに」

「きみがそばにいるとインスピレーションがわいたからね」ブレークは口元をゆがめた。「あのころ書いていたのは記事だけど、今書いているのは小説だ。正確に言えば三冊目の小説さ」

ジェイムの胸は痛んだ。ブレークの人生がそれほど大きく転換しているのに、何一つ知らなかったとは……。

「きみが出ていったあとで最初のを書いたんだ。エル・サルバドルから帰ってすぐにね」

過去の話はしたくない。いやな思い出ばかり。そのとき、二人の声を聞きつけたファーンが台所から飛び出してきて、いきなりブレークに抱きついた。「パパ……」

「ファーン、どこかに連れていってあげようか？」

「だめよ。わたしがこの子と一緒にいられるのは水曜日だけなんですもの」

「じゃ、きみもおいで」昔を思い出す。よく彼に誘われては大人げもなくすねたものだった。ファーンはうれしそうに笑っている。断ったらさぞやがっかりすることだろう。

「いいわ」ジェイムはクールに答えた。ブレークの目にちらりと意外そうな表情が浮かぶ。はねつけるものと思っていたのだろうか？　気にするのはよそう。ブレークがどう思おうが、かまわないではないか。彼がなぜ娘に近づこうとしているのかつかめない以上、ファーンを預けるわけにはいかない。それに、もう昔みたいに振り回される心配もなさそうだ。不思議といえば不思議だが、今は彼の前でも以前ほどおどおどしない。二人の間の溝はぐっと狭くなり、胸を張って彼に立ち向かえる。とはいっても、決して彼を見くびっているわけではないが。ファーンはすでにブレークを慕い始めている。いじらしいと思うと同時に、かばおうとする母性本能が働く。自分はともかく、ファーンまでブレークに傷つけられるようなことがあってはならない。

「ニュー・フォレストはどうだい？」ブレークがさらりと言うのを聞いて、ジェイムは唇をかんだ。結婚して間もなく、あそこで週末を過ごしたことがある。夕食のときブレークは強引にワインをすすめ、部屋に戻ってジェイムを抱いた。酔っていたジェイムは彼の腕の中でいつになく熱く燃えた。あの夜のことは今もはっきりと記憶に残っている。

「そうね。子馬がいるからファーンも喜ぶわ」

ブレークは腕時計に目を落とした。「夕方までに帰るんだったら、すぐに出るほうがいいな」

そのとおりだが、ジェイムはそっとため息を押し殺した。ブレークとしばらく一緒にいるのなら、少し時間をかけてそれなりの心がまえをしてから出かけたい。

もともと人なつっこいファーンは、ブレークになんの抵抗も示さない。その上、彼がそばを離れたときにジェイムに言った。「あたし、パパ好きよ。チャールズよりいいわ」

支度はすぐに整った。ファーンには新しいピンクの遊び着を着せ、ジェイムは色あせたジーンズとTシャツを身につけた。居間で待っていたブレークはファーンの服をほめながらも、ジェイムのほっそりした体をしきりとながめ回していた。

「ダンススタジオを開いたんだってね」彼は玄関のドアをあけ、二人が外に出るのを待った。「なかなか評判がいいそうじゃないか」

「びっくりした？」ジェイムはぷんとして言った。

「いや、とんでもない。きみは自分なりの生き方のできる人だと前から思ってたよ。頼りなげに見えるのは表面だけさ。きみが気持の上でも経済的にも、ぼくに頼りたくないのはよくわかってる」

庭を歩いているとき、表にフォードが止まってチャールズが降りてきた。彼の視線はジェイムからブレークへ、それから再びジェイムに戻った。彼は結婚式のときブレークに会っている。

「テンプルトンさん。ずいぶんお久しぶりですね」チャールズは顔をこわばらせて挨拶《あいさつ》し、不愉快そうに二人を見比べた。「離婚の話でいらしたんですか?」離婚! ジェイムはどきっとした。そうだ! どうして今まで思いつかなかったのだろう? ブレークはきっと離婚手続きをするために来たのだ。離婚したいのなら話し合うまでもない。これだけの間離れていれば、立派な離婚理由になるのだから。「ぼくは彼女の弁護士ですから、話はぼくのほうへ持ってきてください。離婚なさりたいのなら、手続きは簡単で……」

「よほどぼくたちが離婚したがっていると思いたいらしいですね」静かながら、ブレークの口ぶりは憤りを含んでいる。なぜ? チャールズが先回りしたからだろうか? 「何を根拠にぼくたちが離婚の話し合いをすると思ったんですか? 和解を考えているということだってあり得るでしょう?」

チャールズの驚きようといったらなかった。そのぽかんとした顔は吹き出したいほどだった。ジェイムは何か言ってあげたいと思ったが、ブレークがいち早く腕を取って車に歩み寄り、ドアをあけてファーンを後ろの席に座らせた。

フェラーリが走りだしたときも、チャールズはまだその場に立ち尽くし、黙って三人を見送っていた。

「チャールズおじちゃま、保育園の金魚みたいな顔してる」ファーンが車の窓からチャールズを振り返って言った。ブレークがそれを聞いて笑い声をたてたので、ジェイムはやっと現実に立ち返った。

「なぜチャールズにあんなこと言ったの？　和解を考えているなんて」

ブレークは肩をすくめ、ちらりとジェイムに目を向けた。「いけないかい？　離婚の可能性と和解の可能性は五分五分だよ。少なくともぼくから見れば。きみは離婚を考えてるのか？」

「あなたは？」

ブレークは喉の奥でかすかにいまいましげな声をたてた。「そんなことわかってるじゃないか。ぼくが離婚を考えているのなら、自分できみに言うよ。弁護士なんか通さずに。ほかに結婚したい女性でも現れれば離婚したいと思うだろうが、ぼくには今のところそういう相手はいない。現状にきわめて満足だよ。何よりもいい歯止めになる」

「つまり、いろんな女の人とおつき合いを楽しめるし、誰にも縛られるおそれもないって意味？」

「それはきみだって同じだよ」ブレークは平然と言い返した。「トムソンは何しに来たんだい？」

突然話題を変えられて一瞬ジェイムはまごついた。なんらかの理由で、ブレークは離婚の話題を避けたがっている。それもそうだろう。彼自身が言うように、離婚する必要などまったくないのだから。彼は既婚者の安定性と、独身者の自由とをほしいままにできるのだ。

「さあ……僧院の話がどうなったか聞きたかったんじゃないかしら」

「ああ、あの話か。カロラインはきみが帰ったあと怒ってたよ。家を売るなとは大きなおせっかいだって言って」

「売るなと言ってるんじゃないのよ。問題は、彼女が宅地開発業者に売るつもりでいるってことなの。そうなれば、あの家を壊されちゃうわ。わたしたちはそれに反対してるのよ」

「僧院は文化財に指定されてるんだろう？」

「そうよ。でも、壊したければ誰にだって壊せるわ」

「勝手な想像をしちゃいけない。早のみ込みするのがきみの悪いところだよ。昔からきみはなんでもすぐに悪い結果に結びつけちゃうんだ」

しばらく黙って車に揺られているうちに、ファーンがいろいろと質問を浴びせ始めた。

ブレークはそのつど柔らかな調子で、三歳の子でもよく理解できるように答えている。ジェイムはすっかり驚いてしまった。彼にこういう一面があるとは知らなかった。おそらく、母の言うとおりなのだろう。ファーンに関しては彼も心を入れ替え、本当に娘をよく知りたいと思っているに違いない。けれど、ブレークがパートタイムの父親としてわたしとファーンの生活に入り込んできたらどうしよう？　わずかの時間を彼と過ごすくらいなら、いっさい会わずにいるほうがずっといい。今日会ってみてよくわかった。なまじっか彼に会えば、一緒に暮らしていたころを思い出して胸がうずく。

力強いフェラーリに乗っていると、ニュー・フォレストまではあっという間だった。水をはね上げて浅瀬を通過する車にファーンは大はしゃぎし、ジェイムは揺られたはずみにブレークの肩に寄りかかった。すかさずブレークの手がみぞおちの辺りに伸び、体を支える。ジェイムはまるで熱いものにでもさわったかのように、びくっとして身を引いた。

「いつかもそんなふうに震えたことがあるね。あのときは、抱かれるのを待ち切れなかったんだろ？」ブレークは小声で言い、ちらりとふざけた目つきでジェイムを見た。

麻薬をほしがる麻薬依存症者みたいにブレークを求めたあのころ……その記憶は自分の愚かな行動を思い起こさせる。胸が悪くなる思いだが、実際ある意味で彼の体は麻薬だった。彼に抱かれていると疑惑も不安も消え去り、彼が自分と同じく恋に身を焼いていると思ってしまうのだ。

「今は違うわ。さわられるのに耐えられないから逃げたのよ」きっぱり答えながらも、ジェイムは嘘《うそ》を見破られるのではないかと恐れていた。ブレークのそばにいれば、おさえにおさえてきた過去の思い出がよみがえる。彼を知ったころのジェイムははにかみ屋でうぶだったが、ブレークの愛の行為には自分でも驚くくらい熱く応《こた》えた。もし、今再び彼の腕に抱かれたら……甘いひとこまが生々しくまぶたに浮かぶ。いけない。ジェイムはそのイメージを心の中から締め出し、後ろを振り返ってファーンに話しかけた。

ブレークは小さな牧草地の前で車を止めた。雌馬が五、六頭、子馬と連れだって草を食《は》んでいる。ファーンはそれを見て目をきらきらさせた。こういうときのために持ってきた古いパンをジェイムが取り出すと、ブレークはファーンの目の前で子馬にやってみせた。ファーンは小さな手を震わせ、怖そうな顔をしてパンを差し出したが、子馬がそれを食べるやうれしそうに歓声をあげた。

ブレークはじっとファーンを見つめている。どこか寂しげな暗い目をして。ジェイムはつと胸がいっぱいになった。人目には、さぞや幸せそうな家族に映っていることだろう。一瞬、それが現実であるような、ブレークとまだ夫婦のような錯覚に陥る。

「ファーンはあなたにそっくりだわ」ジェイムはそっと言った。寂しそうなブレークを力づけたかった。

「外面的にはね。だが、ぼくはこの子を見てると、きみのお母さんを思い出す。自立心旺《おう》盛《せい》で、自信たっぷりで。そんないやな顔するなよ」ブレークはからかい半分に続けた。「父親じゃないって言いたいんじゃない。似てなくたって、ぼくはファーンが自分の子だと信じるよ。きみの体は、ほかの男を受けつけなかったと思うんだ。あの子がぼく以外の男の子供だとは考えられない」

ジェイムは真っ赤になり、話をそらそうとして無愛想に問いかけた。「なぜフランプトンへ来たの、ブレーク？　まさか、ファーンに会いたかっただけじゃないでしょう？　カロラインと一緒にいるくらいですものね」

「事実を見誤っちゃ困る。ぼくはカロラインと一緒にいるんじゃないよ。古い離れを借りているだけだ。『タイムズ』の広告を見て借りたんだけど、彼女のものだとも知らなかった」

「ここへ来た目的はファーンのことしかないって言うの？」

ジェイムの表情から不安な思いを読み取ったらしく、ブレークは穏やかに言った。「きみからファーンを引き離すつもりはないよ。念のために言っておくが、余計な心配をするのはやめなさい。ただ、ファーンはぼくの子供なんだから……」

「ほしくもなかった子供でしょ！」ジェイムは声を荒らげた。幸いファーンは子馬に気を取られている。「この子は三つになるのよ、ブレーク」

「ということは、空白をうめるには三年かかるわけだ。昼間は保育園に行ってるんだったね？　今後はぼくが迎えに行って、お茶の時間まで預かることにしたいんだが、どうだい？」

なぜ、ブレークは急にファーンをそばに置きたがったりするのだろう？　だが、彼にはその心境の変化を説明する気はないとみえる。彼のことだから、言いたくないことはいくらきいても言わないだろう。ジェイムはそっとため息をついた。そばへ来ないで。わたしたちの生活を邪魔しないで。そう叫びたい気もするが、ブレークをファーンから無理やり遠ざける権利は誰にもない。なんといっても二人は父と娘なのだから。

「ファーンはぼくの子だってことを忘れないでくれ、ジェイム」

「今すぐには返事できないわ。少し考えてみなくちゃ」

ひねくれた笑いにブレークの口元がゆがんだ。「よし、気持が決まったら言いに来てくれるね？　金曜日まで待つよ」

「金曜日っていったらあと二日じゃないの！」

「二日あれば充分だろう？　きみはたった二時間でもっと重大な決心をした。別居に踏み切ったときの話さ」

ジェイムは何を言われているのかわからなかった。二時間ですって？　二週間も彼が連れ戻しに来てくれるのを待っていたのに。彼のほうは連絡を取ろうともせずに二日後海外へ飛んでしまったではないか！

「もう、帰りましょうよ」ジェイムは震えがちな声で言った。「そろそろ戻らないとファーンを寝かすのが遅くなるわ」

「相変わらずだね、ジェイム。きみはいつもいやなことには目をつぶってしまう」

数時間後に帰り着いたとき、ファーンは後ろの席でぐっすり眠っていた。ブレークはジェイムに断るすきを与えずさっさとファーンを抱き上げ、家に向かった。ドアをあけたサラは別に面食らった様子もなく、にっこりしてブレークを招じ入れた。

「ファーンの部屋はどこ？　このまま連れていくよ」ブレークはジェイムに言った。ファーンは彼の腕の中で安心し切って眠っている。二人の姿はあまりにもしっくりと合っていて、ジェイムは胸にこみ上げるものを感じた。いつもはおしゃまなファーンも、こうして眠っているといたいけな幼子でしかない。

「一緒に階上《うえ》へ行って部屋を教えておあげなさい」サラが口をはさんだ。「わたしはお湯をわかしておくわ。さっきチャールズが来たのよ。もうお帰りになりましたか、って。出かけるときに会ったんですってね。ブレークと出かけたって言ってたわ」

母の家には寝室が三つあり、ファーンの部屋は一方が浴室になっていて、ジェイムの部屋を通らなくては入れない。ジェイムがファーンの寝室を指し示すと、ブレークはちらりとジェイムのシングルベッドにふざけたまなざしを投げた。

「ずいぶん清らかな暮らしぶりだね。尼さんみたいじゃないか」ブレークはファーンをそっとベッドに下ろした。「きみのボーイフレンドたちは、ここまで来てがっかりするんじゃないのかい？　娘がすぐ続きの部屋にいるなんて」

「うちへ来てもらわなくたって、相手の部屋へ行けばいいのよ」ジェイムはむっとした。事実ではあっても、尼さんみたいだなどと言われれば腹が立つ。それに比べ、ブレークが聖職者みたいな生活をしているはずはない。女性を持て余している彼は、ジェイムに男友達がいないと見て取ってばかにしているのだ。

一瞬ブレークは目を曇らし、口をきゅっと一文字に引き結んだ。

「わたしはファーンの服を脱がせるから、先に階下《した》に行ってて。すぐすむわ」

「ここで待ってるよ」

部屋には古い揺り椅子が置いてある。ファーンにミルクを飲ませるときによくジェイムが座っていた椅子だ。ブレークはそのそばへ行き、足をかけてゆらゆらと動かした。彼が部屋にいると妙にそわそわしてしまい、ファーンの服のボタンをまさぐる手もぎこちなくなる。ファーンは体を動かしたが目は覚まさず、そのままふとんの中におさまった。

「今日はどうもありがとう」ジェイムはブレークのそばへ行ってお礼を言った。

「他人行儀だな。もっとも、きみは昔からそうだった。礼儀正しくて、きちんとしていて……。本当のきみとつき合えるのはベッドの中だけだった。ベッドの中ではきみも堅苦しい枠を外してくれたからね」ブレークはジェイムの表情を見て笑いだし、いきなりしっかりと手首をつかんだ。「ジェイム、感謝のしるしを見せてくれないのかい？ 昔みたいに」

ジェイムが身を引くより早く、ブレークの唇が迫った。熱い、忘れもしない唇。ジェイムはたちまち別世界へいざなわれ、我知らず夢中でキスを返していた。脚がふらつき倒れてしまいそうで、思わず彼の薄いシャツにしがみつく。

「ジェイム、ぼくたちは何があろうと、こういうときだけは熱くなれた。そうじゃない？」

ブレークのハスキーな声が魔法のように体をしびれさせる。どうしろと言われたわけでもないのに、身も心も彼の思いのままに動いてしまう。ジェイムは頭をのけぞらし、感じやすい喉に彼の唇を受けた。長い間忘れていた感覚がよみがえり、全身が細かく震えて小さな声が喉の奥からわき上がってくる。ブレークがやさしく耳たぶをかんだときは、ひとりでに指先が彼のふさふさした髪にからみつき、体はぴったりと彼に寄り添った。

「ジェイム」ブレークの手が体をすべり、胸のふくらみを包み込む。肌をすべる彼の唇は次第に熱っぽさを増し、やがてジェイムの震える唇をしっかりととらえた。ジェイムはむさぼるような彼の口づけに我を忘れ、甘く唇を開いて応えた。

暖かい海におぼれかけている思い……ひたひたと波が打ち寄せ、海の精の歌声が響く。何よりもいとおしいものが今手の届くところにある。過去にも、これから先も、常に望んでやまないものが。ジェイムはボタンの間からブレークのシャツの中に指先をすべり込ませ、彼の胸をまさぐった。ブレークはつと体をこわばらせ、顔を上げてジェイムの体を押しやった。寄りかかるものを失ってふらふらしているジェイムの耳に、ブレークの声が流れる。

「お母さんが呼んでるよ」彼の目にはおかしそうな光が躍っていた。「ジェイム、隠したがっているのに気の毒だが、ぼくにはちゃんとわかってる。きみの体は相変わらずぼくに弱い。そうだろう?」

「それが当たり前じゃない?」不思議にも、ジェイムの声は落ち着いていた。「あなたが教えてくれたんですもの。最初の人は忘れられないものだわ」

「最初の人? ぼくのあとには何人か男がいたのかい?」

ブレークの目は濃さを増し、なぜか憤りをみなぎらせている。

「トムソンはその一人じゃないだろうな? 彼がきみを見る目つきは、犬が手の届かないところにある骨をねらっているときみたいだ」

「チャールズとわたしがどういうつき合いをしていようと、あなたには関係ないわ」ジェイムは声を詰まらせた。「大きなお世話よ」

「そうかな? 何か忘れてやしないかい?」ブレークはジェイムの左手を取り、上にかざした。その薬指には今も金の結婚指輪が光っている。「きみはまだぼくの妻なんだよ、ジェイム」

「そんなことはすぐに解消できるわ」ジェイムはかっとして口走った。ブレークの愛撫《あいぶ》やキスはジェイムの体に耐えがたいうずきを与え、心を傷つけた。さらに、いまだに彼を愛しているジェイムの愚かしさを見抜いているかのような言葉！〝相変わらずぼくに弱い〟ですって！　彼はそうした無神経な言葉がどれほどむごい意味を持つか、わかっているのだろうか？「協議離婚なら簡単よ。長い間別居していたんですもの」

「そう。どちらかが異議を申したてない限り、二年間夫婦としての生活がなければ離婚は認められる」

「つまり……」ジェイムの体は震えた。もの柔らかな口ぶりだが、ブレークはやはり離婚しようと言いだすのだろうか？

「つまり、ぼくには今のところ離婚の意思はない。妻帯者で満足だ。離婚の意思がないだけじゃなくて、現状維持のために必要なことがあればなんなりとするつもりだよ」

ブレークはジェイムの顔つきを見て冷たい笑いを浮かべた。

「きみも一人でがんばって生きてきたんだろうが、ぼくもぼくなりに一生懸命やってきた。わき目もふらずに。今までに出版した二冊は、アメリカでベストセラーになったんだ。おかげでふところもだいぶ豊かになった。銀行にたっぷり金が入っているとなれば、それを目当てに結婚したがる女も寄ってくる。そんな女につかまって金を絞り取られるのはごめんだよ。きみと結婚していれば、そういう面倒に引きずり込まれる心配がなくて好都合だ」

「もちろんそれは、わたしが別居手当を要求しないと仮定してでしょ？」

「過去四年間、ぼくから一ペニーだって受け取りたくないと言っていたきみのことだ。今さら別居手当がほしいなんて言うはずはない。違うかい？　さ、早く階下へ行くほうがいいぞ。あまりいつまでもぐずぐずしていると、お母さんが変な解釈をしかねないからな」

三十分後にブレークはいとまごいをし、玄関まで送りに出たジェイムにそっと言った。

「もう一度言っておくけど、ファーンのことは二日のうちに返事してくれよ。忘れずに。ぼくの居場所はわかってるね？　きみが来なかったらぼくのほうから会いに来るからそのつもりで」

3

次の二日間は実にあわただしく、ブレークにどう返事するか考えている暇がなかった。とはいえ、彼のことは常に大きく心を占めていて、だいじな用事にたずさわっている間もうわの空になりがちだった。学校を出たばかりの土地の娘で、なかなか見込みがありそうだ。ドーチェスターにいる会計士に会ったところ、スタジオのほうはかなり好調だという。会計士は二十代後半の独身の男で、ジェイムにはだいぶ参っている。

彼はジェイムを昼食に誘い、レストランを出てからほれぼれと言った。「さすがに動きがきれいですね。歩く姿を見ているだけでも楽しくなりますよ。あなたが踊っているところを見たいなあ」

彼はデートに誘う気だ、とぴんときたので、ジェイムは機先を制して別れを告げた。フランプトンに向かって車を走らせる間、頭に浮かぶのはブレークのことばかりだった。スタジオが順調だといって喜んでなどいられない。時はどんどん過ぎていく。明日は約束の金曜日。母にも相談してみたが、予想どおりブレークに好意的な言葉が返ってくるだけだった。「そりゃ、あなたはブレークを許せないかもしれないけど、あの人はファーンの父親なんですもの、断っちゃかわいそうだわ。わたし、ときどき考えるのよ。あなたが今ブレークを憎むのは、昔それだけ愛していたからじゃないか、って」

昔！　今だって、ブレークを愛している。憎むどころか、苦しいまでに愛しているのだ。けれど、母は何も知らない。すべてを打ち明ければ、きっとこの気持をわかってくれるだろう。いくらファーンのためとはいえ、彼には会いたくない。会えば彼の腕に身を投げかけたくもなり、もう一度あなたのものにして、と言いたくもなる。それをおさえるのがどれほどつらいか……。家の前に車を止め、ジェイムは考えた。いずれはブレークに会わなくてはならない。今日、ファーンを迎えに行く前に会ってこよう。

家には母の姿はなかった。コーヒーを飲んでひと休みしたがどうも落ち着かない。狭い台所をうろうろ動き回っているうちに気がついた。ブレークに会わないことにはだめなのだ。ぐずぐずしていると気持がくじけそうなので、ジェイムはキーをつかんで玄関を出た。だが、車のドアをあけてあっと思った。着替えをしていない。ドーチェスターへ行ったときのまま、バスで母が買ってくれたピンクのドレスを着ているのに気づいた。素材が絹なのでジェイムのほっそりした体によくなじみ、流れるような線を描き出している。一方、長い黒髪は柔らかくカールして肩先で揺れ動く。自信がついていいはずなのに、なぜか妙に自分自身が頼りない。普段着のジーンズのほうがずっと強気になれる。しかし、もう出てきてしまったのだから仕方がない。

僧院の離れの前にはブレークのフェラーリが止まっていた。その隣に小型車《ミニ》をつけ、ジェイムは騒ぐ心を静めた。離れのドアはあいている。おずおずと近づいて声をかけてみたが、返事はない。よかった！　ブレークはいないのだ。きびすを返して車に戻ろうとしたとたん、紙を破く音と何やらいまいましげにつぶやく声が聞こえた。続いて書斎のドアがあき、ブレークが髪をかき上げながら出てきた。

「ジェイム！」

「ごめんなさい。お仕事中だったんでしょう？　出直してくるわ」なぜ、こうそわそわしてしまうのだろう？　ジェイムはブレークの顔から体へ視線を移した。すっきりした首、あけたシャツの襟元からのぞく日焼けした胸、洗いざらしのぴったりしたジーンズ。目は自然にそのジーンズに包まれた腿に吸い寄せられる。あの腿がじかに体に触れたとき……思い出すまいとしても、彼の体の感触はいまだ記憶に生々しい。じわじわと、全身に熱いものが広がっていく。ジェイムはあわてて目をそらした。どれほど彼の体に触れたいか、見破られたらたいへんだ。ブレークのそばにいる今、あらゆる感覚が目覚めて彼を待ちのぞんでいる。

「お邪魔だったら……」ジェイムはためらいがちに口を開いた。

「邪魔じゃないよ。気分転換になってちょうどいい。行き詰まっていたところなんだ。前の二作のときはスランプに陥るようなことはなかったんだがね。さ、お入り。こんなところで立ち話するより、中でゆっくり話すほうがいいだろう」

ジェイムは魔法をかけられたように、素直に彼のあとから小ぢんまりした書斎に入った。長椅子や肘かけ椅子は一隅に押しやられ、大きな書き物机が中央を占めている。机の上にはパソコンと原稿の束。

「あなたが新聞記事以外のものも書いているとは知らなかったわ」

「そりゃそうだろう」ブレークは皮肉っぽい口調で言った。「エル・サルバドルから帰ったあとで書き始めたんだもの」

ジェイムは機械的に机のそばへ足を運んだ。パソコンに打ちかけのデータが映っている。

「ちょっと待っててくれ。コーヒーをいれてくる」

「いいのよ。どうぞおかまいなく」ジェイムはしゃちほこばって言った。早く話をすませてしまいたい。

「そう言わずにつき合ってくれよ。きみはいらないかもしれないが、ぼくは朝から休んでないんだ」

ブレークが出ていってから本棚を振り返ると、見覚えのある本が何冊か目にとまった。二人で暮らしたフラットに置いてあった本だ。ブレークはいつまでフランプトンにいるつもりなのだろう？　一冊の本を書き上げるにはどのくらいの時間がかかるのかしら……。目の前に去年の夏読んだ小説がある。あのときはペーパーバックで読んだのだが、ここにあるのはハードカバーだ。何げなく手に取ってみたところが、ショックを受けて思わず取り落としてしまった。カバーにはブレークの写真が入っていて、こちらを見返しているのだ。これがブレークの作品だったとは！　この本を読んだときの感動はいまだに忘れられない。世をすねたような主人公、真に迫るラブシーン……いずれも強烈な印象だった。ジェイムは本を拾い上げようと体をかがめた。そのはずみに、机の上にあった原稿が数枚ぱらりと下に落ちた。急いで床に膝をついてかき集めるうち、いつの間にか目はその上の文字を追っていた。

生き生きした愛の描写！　そこに描かれているのは、知らず知らず引き込まれてしまうような官能の世界だった。ブレークと分かち合った愛の行為がまざまざとまぶたに浮かぶ。まるで彼が実際にそばにいるみたいに。

ブレークがコーヒーを手に戻ってきたとき、ジェイムはまだ机の足元にうずくまって原稿を読んでいた。

「わたしたちのことを書いたのね？」彼の顔を見るや、反射的にとがめだてしたくなった。前の二作も私小説だったのだろうか？

「自分の経験がもとになるのは当然だ」ブレークはさらりと答えた。「しかし、きみだってもうはたちの小娘じゃないんだ。こういう経験は大人なら誰だってしてるってことくらいわかるだろう。もっとも、初めのうちはぼくたちの間のことがかなり刺激になっていた。おそらく、それだから今スランプがきたんだろう。それから抜け出すには、どうやら女けがないとだめらしい」

「女の人ならわざわざさがすまでもないじゃないの」ジェイムは冷たく言い返した。カロラインが身近にいる以上、女性に不自由しているはずはない。

「そうだな。すぐそばにいる」不気味に柔らかな声。獲物にしのび寄る山猫のような目。「やっと意見が一致したね。うれしいよ」ブレークはコーヒーを置き、ジェイムの腕を取って立ち上がらせた。「それとも、きみには何が必要なのか今わかったのかい？　ぼくが見たところ、トムソンは恋人にして面白い男じゃなさそうだ。ジェイム、きみがほしい」

ブレークはいきなりジェイムを抱き寄せて唇を重ねた。とっさに〝いや〟と言いかけたジェイムだが、声を出す前に彼に口をふさがれていた。

まさかと思ったのに、たちまち熱いものが体をかけめぐる。ブレークの肌から漂う懐しいじゃこうの香りに、恋しさは炎となって燃え上がった。本能に導かれたように、指先はするすると彼のシャツのボタンを外して中にすべり込み、硬く引き締まった体をまさぐっていた。

「ジェイム」

ブレークはジェイムの唇に向かってささやきかけた。ジェイムが軽く唇を開くと、彼はその柔らかな下唇にそっと歯を立てた。

「クールなジェイム」彼は、ぴったり体を押しつけてくるジェイムの喉に唇を移し、ハスキーな声でつぶやいた。「だが、こういうときのきみはいつもぼくの腕の中で溶けていきそうに見えるんだ」

ジェイムは夢中で彼の背に爪を立てていた。あまりにも大きな喜びにのまれてしまって、何が起こっているのかもわからない。はっと気がついたときは、服のファスナーがあいて彼の指先が背筋をなで下ろしていた。ぞくぞくする思いに体がおののく。ブレーク！　どれほど愛しているか！

「ジェイム」

ブレークの声が楽しい夢を破り、現実に引き戻そうとしている。彼の声など聞きたくない。今はただこの夢を見続けていたいだけ。ジェイムはその声から逃れようと頭を傾け、熱っぽく彼の唇を求めた。長い間おさえていた感情が一度に解き放たれ、理性を押しのけてしまう。

ドレスがするりと床に落ち、ブレークの腕がジェイムの体を抱き上げる。彼はそのまま長椅子に向かった。普通なら拒絶反応を示すところなのに、今感じるのは言いようのない喜び。ダンスできたえた体は彼の腕の中でしなやかにたわみ、一分のすきもなく彼の体に寄り添う。ブレークの唇はあごから感じやすい耳の後ろへ移り、じらすようにゆっくりと喉を下りていく。やがて喉が脈打つのを感じたのか、彼の唇が止まった。とうとう感情の高まりに耐えられなくなり、ジェイムは甘いため息をついて彼の顔にキスを繰り返し、体中に手をすべらした。

「ジェイム、ぼくを抱いて」

濃い緑に輝くブレークの瞳の奥には、ジェイムと同じ情熱が燃えている。彼は長椅子に体を横たえ、ジェイムを胸に抱き上げて素肌を愛撫《あいぶ》した。微妙に震えを帯びる手で。

「ジェイム」ブレークの唇が甘い軌跡を描いて胸に移り、レースのブラの縁で止まった。障害物を取り除こうとするかのように、彼は縁に沿って唇をすべらしていく。ジェイムは小さく声をたて、彼に胸をすり寄せた。何もかも、すべてを彼にゆだねたい。何度も味わっている思いなのに、初めて知るような新鮮な感動がわき上がる。かすかに汗ばんだ彼の肌、その肌に漂うじゃこうの香り……。

ブレークの手がウエストをつかみ、腰をなで下ろす。ジーンズの粗い生地が腿に触れ、その下の彼の体を感じさせる。ジェイムは無言のうちに自分の思いを訴えかけようと、彼の肌にキスの雨を降らした。

ブレークは喉の奥で満足げな声をたて、まぶたを閉じた。濃いまつげがいつになく彼を近づきやすく見せ、厳しい口元も穏やかにやさしく見える。ジェイムは指先で彼の唇の輪郭をたどった。と、その唇がわずかに開き、白い歯がそっと指をかんだ。彼はジェイムの手首をつかまえ、てのひらを口に押し当てた。「二人でなくちゃ、こういうことはできないよ」彼の唇がジェイムのてのひらをくすぐり、全身に心地よい震えを走らせる。

ブレークの愛撫は、応《こた》えずにいられないほどジェイムを燃やした。そろそろと彼の肌に唇をすべらし、ジェイムはその平らな胸に口づけをした。彼の指先が髪をまさぐり、耳元でハスキーな声がつぶやく。「よし。きみも同じようにいじめてやるぞ」

薄いブラを押し下げて彼の唇が迫ってくる。じらされているような、たまらない気持……。

彼のしていることは、いじめるなどというなまやさしいものではない。彼の唇は形容できない苦痛を感じさせる。とても耐えられないと思ったとき、ブレークの手がしっかりと胸を包み込んだ。

「ブレーク……」いつしかジェイムは悩ましげに彼の名を口にし、熱っぽいまなざしを投げていた。もはや隠そうにもこの燃える思いを隠すことはできない。

「これじゃだめかい？　反対になればいいんだね？」ブレークは寝返りを打ってジェイムを下ろし、体を乗せかけた。ジェイムは彼の重みを受けながら、我を忘れてすべすべした背に腕を回し抱き寄せた。彼は一瞬顔を上げてジェイムの表情をうかがったが、再び喉元に顔をうずめた。それから一方の手でブラを下へ押しやり、もう一方の手で器用にかぎホックを外した。彼の目の前に胸をさらしているのに気づき、ジェイムは息をのんだ。しかし、不思議にもかつてのような恥ずかしさや戸惑いは感じない。夫婦として暮らしていたころは恥じらいがつきまとい、ブレークはいつもそれをぬぐい去っては燃やしてくれたものだった。今、ジェイムは大胆に彼を求め、彼の下で体を弓なりにそらした。胸は激しく躍り、大きく上下している。

つぶやきともため息ともつかない声がブレークの喉からもれる。おさえられていた感情がほとばしり、彼の顔にぱっと赤みが差した。

歓喜におぼれてぼんやりした意識の中で、ブレークの動きを感じる。彼を待つ体は、ひとりでに細かく震えだす。だが、そのとき耳元で聞こえた彼の声が、不意にジェイムを現実に引き戻した。「これでもまだスランプから抜けられないようなら……」

ブレークはジェイムが体をこわばらせるのを感じ、言葉を切った。

「どうしたんだ?」

ジェイムはおそるおそるブレークの顔を見た。彼は眉をひそめて見下ろしている。心の中を読み取られてしまったのだろうか? 愚かにも、時間が逆戻りしたかのような錯覚に陥り、彼が自分と同様に愛してくれると思っていたのだ。恥ずかしさとショックで胸が悪くなる。我ながらあのような振る舞いをしたことが信じられない。彼が何も気づかずにいてくれればいいが……。

「ファーンよ」ジェイムは無意識にうわずった声で答えていた。「ファーンを迎えに行かなくちゃ。待たせたらかわいそうだわ」

「変わらないね。昔から、朝ぼくが抱こうとするといつもきみはいやがった。仕事に遅れちゃいけないからって……」

「いつもじゃないわ」ジェイムは彼の腕の中から抜け出し、服を拾い上げた。顔がほてる。その本当のわけを彼に悟られないようにしなくては。

「今のことを知ったら、うるわしのチャールズはなんて言うかな？」

「今のことって何？　別に何もなかったじゃないの」ジェイムはとげとげしく答えた。ブレークがあのとき口をきかなかったら、今ごろどうなっていたか……。二人はあのまま愛の行為を分かち、燃え尽きていたに違いない。そこに至らなかったために、満たされない体は今耐えがたくうずく。しかし、そうした事実を認めるわけにはいかないのだ。

「トムソンは、きみがどんなに男をほしがっているか知ってるのかい？　憎んでいる男に抱かれたがるほどせっぱ詰まってるんだってことを？」

「カロラインは、あなたが小説の材料にするために女づき合いをするんだってことを知ってるの？」

ブレークはぐっと口を結び、冷たく目を光らした。その目はジェイムの赤らんだ頬を見つめている。「女性の誘いを断るのはぼくの主義に反する。とりわけ、相手がぼくの子供の母親とあっては断れない。ところで、まだファーンの話をしてなかったね」

「わたし……」と言ったきり言葉が出てこなかった。この部屋にいてどうして心静かに話し合いなどできよう？　苦しかった過去を忘れて、昔と同じように彼を求めたばかりではないか。口にこそ出さなかったが、抱いてと訴えかけていたのは隠しようもない。

「ぼくは二、三日ロンドンへ行ってくる」ブレークのほうが先に話し始めた。「帰ってきたら、きみに会いに行くよ。そのとき話をしよう」彼はすばやく顔を近づけ、ジェイムの唇に軽くキスをした。「ぼくの味がするな。別れてから何人の男に抱かれたんだ？　一人？　二人？」彼の目に情け知らずの冷たい光が躍った。「当ててみようか……一人もいなかったんだろう？」

「失礼するわ」ジェイムはブレークが何か言いだす前にさっと部屋を飛び出した。彼にこれほどずばりと言われるのはショックだった。

保育園で車から降りたとき、脚はまだ震えていた。幸いファーンは何も気づかず、さらに都合のいいことに、家に帰ると母はまだ外出中だった。さっそくファーンに食べ物と飲み物を与え、足早に浴室へ行く。ドレスを脱ぎ、シャワーの下に立って思い切り強い水しぶきを浴び、肌に残るブレークのにおいをすっかり洗い流した。これでいいと思って体をふき服を着たが、彼のにおいは取れても心に焼きついた映像は少しも薄らがない。それどころか、走馬灯のように切れめもなくいろいろなことが浮かんでくる。すらりとしてしなやかなブレークの体、引き締まった硬い筋肉の感触、肌に触れる彼の手、それに対して熱く燃える自分の胸……。何よりも思い出して苦しいのは、彼にはなんの愛情もないということ。たまたまジェイムがあそこに居合わせたから抱こうとしただけで、彼にとって相手は誰でもよかったのだ。彼は今日のジェイムをそのまま小説に書くのだろうか？　ぞっと震えを覚えたとき、玄関のドアの鍵《かぎ》を回す音が聞こえた。母が帰ってきたのだ。ちょうどいい。これ以上つまらないことで頭を悩まさずにすむ。

その夜は町の学校で僧院を守る会の集会があった。遅れぎみに出ていったジェイムが僧院の前に差しかかったとき、中からブレークのフェラーリが出てきた。ブレークが運転していて、隣にはカロラインが座っている。ジェイムの車のヘッドライトは、カロラインの肩と彼女の体を包んでいる高価なイブニングドレスを照らし出した。

ねたましさが炎となって体中をかけめぐる。あの車を止めてカロラインを引きずり降ろしたい！

どうしたのだろう？　プライドも冷静な判断力も、完全にどこかへ飛び去ってしまった。ブレークが誰とデートしようと関係ないはずなのに。離れて暮らした何年かの間、彼が聖職者のような日々を送っていたはずはない。そんなことは百も承知していたのだが、彼の腕に抱かれた今はとても平然としてはいられない。

ぼんやり車を走らせて到着した会場には、大勢の人が集まっていた。一週間前には僧院保存運動にファイトを燃やしていたのに、今日はブレークから心を引き離すのが精いっぱいだ。

最初にチャールズが演説をした。学をひけらかすような話しぶりが受けなかったのか、拍手はまばらだった。続いて何人かが立って話をし、その後嘆願書用の署名をジェイムが集めて回った。くだけた話し合いに入ると、さっき誰かが政府機関に訴えるべきだと提案したことが話題にのぼり、どうすればいいかに関してけんけんごうごうの議論になった。

「今朝カロラインが来たよ」チャールズは、かたわらに立ったジェイムに話しかけた。「どうやら、きみのもとのご主人が売れってけしかけているらしい」

「ブレークが？　どうして彼がそんなことをするの？」

「僧院が売れればカロラインに金が入る。たぶん、それが目当てなんだろう」チャールズは憎々しげに言った。「なにしろ失業中のレポーターにすれば……」

「ブレークは失業中じゃないわ。小説を書いてるのよ」なぜこうも反射的にブレークをかばうのだろう？　自己嫌悪を感じてしまう。

「彼はあっさりまたきみをとりこにしちゃったらしいね。たいしたものだ」チャールズの目に憤りの色が浮かんだ。「ジェイム、和解の話に乗ったらばかをみるよ。彼が今さらきみに心をかけるはずはない。四年前と同じさ。忘れたわけじゃないだろう？　彼はきみがいなくなってせいせいしていたんだ。今はきみの気を引きたがっているかもしれないが、いったんきみを好きなようにしてしまえばたちまち冷淡になるに決まってる。どうして離婚しないいんだい？　ぼくの気持はわかってるだろう？」

　急に熱っぽく語りかけられ、ジェイムは背筋が寒くなった。友達づき合いをする限りにおいてはチャールズも好きだが、恋人に、あるいは夫にするなんて……絶対にいや！　考えただけで体が拒絶反応を起こす。ブレークに対して燃えるのと対照的に。

　ブレークがなんの愛情もかけてくれないのは、チャールズに言われるまでもなくわかっている。けれど、だからといって彼に対して感じるものが変わるわけではない。

　集会後はゆっくり運転して家路をたどった。母はいろいろ問いかけてきたが、つい気のない返事をしてしまった。

「ぼうっとしてるのはチャールズのせいじゃなさそうね」サラはからかい半分に言った。

「心ここにあらずって感じよ」

「僧院のことを考えてたの」ジェイムはしらを切った。「買い物は全部すんだ？」

「おおかたすんだわ。ブレークとは話し合いがついたの？」

「まあね」ジェイムはすばやく顔をそむけた。後ろめたくて顔が熱くなる。「マクミラン・ヘンダーソンてブレークのペンネームだったのよ。知ってた？」

「ええっ！　本当？　あなた、たしかマクミラン・ヘンダーソンの小説がすごくよかったって感激してたわね」

「そう。だって、あのときはヘンダーソンがブレークだなんて知らなかったんですもの」

母は笑いだした。ジェイムは自分がひどく子供っぽいことを言ったような気がし、その場逃れに話を続けた。「ブレークはわたしたちのこと……というか……わたしのことをねたにして……」

「ブレークは自分の経験を生かして書いた、っていうのが本当じゃなくて？」サラは温和な口ぶりで言った。「それは当然のことよ。あなたはいつもブレークを悪い目で見るけど、ときにはチャールズを見る目と取り換えたらどう？　チャールズに関してはだいたいひいき目すぎるんだから」

「あの二人は比較の対象になんかならないわ」

「もちろんですとも」サラはそっけなく相づちを打った。「もとよりわたしは比較してはいないわ。比較したがっているのはあなたのほうじゃない？　さあ、もうやすみましょ。わたしたちのだいじな旅行にそなえて早寝しなくちゃ。あと二日で出発ですもの」

「わたしたち？」ジェイムはきき返した。母は何げなく口にしたが、わたしたちとは誰のことだろう？

「ヘンリーも一緒に行くことになったのよ。店を手伝ってくれる人が見つからないので、思い切って二週間閉店するって言うの」

「ヘンリーと一緒に行くの？」ジェイムはぽかんとしてしまった。母はあの熱心な求愛者を過去十五年あまりも近づけなかった。それがなぜ今ごろ急に受け入れる気になったのだろう？「どうしてそんな気になったの？」

「きっと、あなたを見ていて悟ったせいよ。男の人と縁のない生活をするようになったらだめだってね」サラはジェイムの質問の意味がわかったらしいが、別にとぼけるでもなく、苦笑して答えた。それからジェイムが赤面するのを見て、声をやわらげた。「まあ、あなたを見てというより、自分を客観的に見つめて悟ったと言うべきかもしれないわ。わたしは四十代も半分以上過ぎちゃった年よ。娘も一人前になったし、孫までいるわ。それなのにまだ愛をささやいてくれる男性がいるなんて、ありがたいじゃないの」

ジェイムはまじまじとサラを見つめた。今まで考えてもみなかったが、母とヘンリーはすでに恋人づき合いをしていたのだろうか？　そうだとしたら、ずいぶんうまく隠していたこと！　強いて笑みを浮かべ、ジェイムは冗談口をたたいた。「それなら、早いところつかまえるほうがいいわ。もたもたしてると、そのうちわたしがあの人を誘惑し始めるかもしれないわよ。とっても魅力のある人ですもの」

「そうでしょう？」

サラの言い方がいかにも満足げでうっとりしていたので、二人とも思わず吹き出してしまった。その後、ジェイムはベッドを整えながら心の中でつぶやいた。〝お母さんだって女なんだわ。どうして今まで気がつかなかったのかしら？〟恋人なり旦那《だんな》さまなりが、いるほうがいいに決まっている。今それが理解できるのは、ブレークに接して人恋しい思いがよみがえったからだろうか？　彼はどこにいるのだろう？　カロラインを抱いているのでは？　たちまち背筋を冷たいものがかけ下りる。寝室の窓から流れ込む夜風が、やさしく温かく体を包んでくれるのに。

4

「体を伸ばして……息を吸う……吐く……はい、全身をゆるめて……」ジェイムは生徒たちの前でかけ声をかけながら、自分もそれに合わせて呼吸を整え、緊張を解いた。

この古い校舎はダンススタジオとして申し分ないが、一つだけ不備な点がある。シャワーと更衣室がないことだ。十分後着替えにかかり、ジェイムは改めてそう思った。上級クラスの人たちが帰り、これで全部のレッスンが終わった。今日は今まで中級だった生徒が何人か上級に進み、最初のレッスンを受けた。自分が育て上げた生徒たちを見ていると、なんともいえない充実感を感じてうれしくなる。

助手のサリーは歯医者の予約があって先に帰ったので、ジェイムは一人で慎重に戸締まりを調べて回った。いつもこうして窓やドアがしまっているのを確認してから帰ることにしている。フランプトンでは非行少年が狂暴な行動に出たり建造物を壊したりする事件は起きていないが、ロンドンにいたときの癖で戸締まりは厳重にしないと落ち着かない。

見回りを終えたとき、何か妙な気配を感じた。振り向かなくても誰かいるのがわかる。

案の定、あけ放ったドアのそばに腕っぷしの強そうなずんぐりした男が立っていた。ジェイムはわけもなく不安にかられた。初めて見る男だからといって怪しい人物とは限らない。生徒の息子か夫の可能性だってある。しかし、直感的にそうではないとはっきりわかった。今すぐあのドアから出ていこうとしたら、たちまち道をふさがれることだろう。

「ど、どちらさまですか？　ご用件は？」

なんてつまらないことをきくのだろう！　しかもおどおどした声で。他人を横からながめているみたいに、自分の情けない姿がくっきりと目に浮かぶ。

「あんたの友達に言われて来たのさ」男はわざとらしく愛想笑いをしてみせた。「友達としてひと言忠告したいんだってよ」

氷のかたまりをのみ込んだかのように、冷たいものがジェイムの全身に広がった。男は相変わらず粗野な声で話し続ける。

「いい教室じゃねえか。今どきこれだけの設備をしようと思えば、ずいぶんと金がかかるだろうな。この教室にもしものことがあったら困るだろう？」

「もしものこと？」たずねるまでもない。脅迫だ。でも、なぜ？　アメリカのギャング映画の一場面が脳裏をかすめる。フランプトンにもマフィアが存在しているのだろうか？　まさか！

「ああ。事故みてえなもんさ。人さまの財産は人さまのもの。やたらに首を突っ込むとろくなこたあねえぜ」

そうか！　あの話だったのか！　とたんに身の毛がよだち、血の凍りつく思いがした。

「僧院のことね？　それで……手を引けって脅しに来たの？」

「脅し？　人聞きの悪いことを言っちゃ困る。ご親切に忠告しに来てやったのによ。あぶねえのはここばかりじゃねえ。あんた子供がいるそうだな。子供の身に何か起こったらどうする？」

「でも、どうしてわたしにそんなこと言うの？」ジェイムはおろおろしてきいた。まだわが身に起こっていることが信じられない。外には明るい日差しがあふれ、窓から差し込む光が筋になって輝いている。表通りを走る車の音もいつもどおりだ。それなのに、ここではこんなとんでもない事態が起きているなんて！　僧院を売りたがっていたカロラインの、あの敵意に満ちた目を思い出してぞっとする。「僧院を売るのに反対しようっていうことは会で決めたのよ。わたしは一メンバーにすぎないわ」

「だけど、あんたはあの弁護士野郎を説得できる。あんたがやめろって言やあ、やつはおとなしくなるだろう。そうなりゃ、みんなもがたがた言わなくなるってわけよ」

男の言うことに間違いはない。だが、ジェイムは脅されるのが納得できなかった。

「なぜわたしが犠牲になるの？　なぜ？」

「なぜったって……おれが決めたんじゃねえよ。こっちは行けって言われて来ただけなんだ」

「何をしろって言われて来たの？　この校舎をめちゃめちゃにしろって？　それとも、子供を誘拐するって脅せとでも言われたの？　そうしたら、わたしは警察に通報するわ。わかってるんでしょうね？」

言ったとたんにジェイムはしまったと思った。男は急に怖い顔になり、脅しをかけるように足を一歩踏み出した。

「そんなことはしねえほうが利口だぜ。子供がだいじならな。あんたは一日中子供を見張っていられるわけじゃなかろう？　けど、こっちはできるんだ」

どうしよう。恐怖で頭がおかしくなりそう。ファーンの無事を確認しないことにはいても立ってもいられない。ファーンはウィドウズ夫人に預けてある。夫人はサラが旅行に出ている間、代わりにファーンをみてくれているのだ。

「忘れるなよ」男は出口に向かいながら言った。「あんたは、弁護士に運動をやめさせりゃいいんだ。そうすりゃ、何もかもうまくいく」

その言葉は、家の前に車をつけたときもまだ耳の中で鳴り響いていた。ファーンはすぐに元気よく飛び出してきた。ほっとしたジェイムは、思わず娘が金切り声をあげるほどきつく抱き締めてしまった。

ウィドウズ夫人にお礼を言って別れると、ファーンが言った。「ママ、パン買ってこなかったの？」そうだ。すっかり忘れていた。強いて笑みを浮かべはしたが、とてもにこにこしていられる心境ではない。教室を閉鎖して、ファーンとどこかへ身を隠そうか？　ブレーク……ブレークなら何かいい知恵をさずけてくれるかもしれない。不意に彼を頼るのが当然に思え、ジェイムは取るものもとりあえず強引にファーンを車に押し込んで僧院に向かった。

もうじき着くというときになって初めて、ブレークはまだロンドンにいるのかもしれないと気がついた。しかし、幸い離れの前にはフェラーリが止めてあった。

ファーンにここで待っていなさいと言い渡し、ジェイムは車を降りた。やれやれと思ったせいか足がふらつく。ブレークはきっとなんとかしてくれる。ファーンを守るためだもの。ブレーク！　今までこれほど彼を頼りたいと思ったことはない。全面的に寄りかかってはいられないのに、そうした実情は頭をかすめもしなかった。

居間のガラス張りのドアはあいていて、通りがけにブレークのダークブラウンの髪が見えた。彼はこちらに背を向けて座っている。玄関へ回ってベルを鳴らすより、ここで声をかけるほうが簡単だ。そう思って小走りに近づいたところ、カロラインの鋭い声が耳に飛び込んできた。何やら不平を言っているらしい。

なぜ思いつかなかったのだろう？　カロラインが彼のそばにいるということを。ブレークは、彼女の家の離れを借りたのは偶然だと言う。その言葉を信じていたかったのであえて疑いもしなかったが、やはり嘘《うそ》だったのだろうか？　娘のことを知りたいというのも、考えてみれば疑わしい。その気持があるなら、もっと早くにそう言ったはずではないか。彼の話を信じるなんてばかだった。ファーンが生まれる前から、彼は子供をいやがっていたのだ。それなのに彼を信じたのは、愛しているからにほかならない。彼を愛し、いつか彼がその愛に応《こた》えてくれるかもしれないと、愚かにも奇跡を期待したからだ。

ぼう然としてたたずんでいるうちに、ブレークのなだめるような声が聞こえてきた。

「なに、彼女のほうはもう心配ないよ、カロライン。手は打ったんだ。ぼくの口からもはっきり言ったし、これ以上きみに迷惑をかけることはないと思うよ」

その先は聞きたくない！　ジェイムは転がらんばかりに植え込みの間をかけ抜け、車に戻ってエンジンをかける。そのまま無我夢中で表へ出た。車は立て続けにジャンプし、ファーンが不安げに「ママ……」とつぶやく。

まさか……ブレークが脅しに関係しているなんて……。でも、確かにこの耳で聞いたのだ。もっとも、彼は脅迫という言葉を口にしたわけではない。おそらくあれはカロラインの考えなのだろう。そう……もちろんだ。ブレークがそんな……。頭の中をいろいろな考えがめまぐるしく行き交う。なんとかしてブレークに対する疑惑を追い払いたい。彼のことはよくわかっている。誠意もあり、曲がったことは嫌いな人なのだ。脅しなどという卑劣な行為に加わるはずはない。

家に帰ってみてやっと気がついた。結局、問題解決の糸口もつかめなかったことに。町を出るわけにもいかない。行くところなどないのだから。とはいえ、脅しに屈してはならない。この土地にとどまり、勇気を持って脅しに立ち向かわねば！　スタジオをたたむかファーンをスタジオに連れていくかすれば、どうにか危険を免れることができるだろう。公衆の面前でファーンに魔の手が伸びるとは思えない。だから、群衆の中の一員でいる限りは安全なのだ。

せめて母が家にいるときならよかったのに。それでなかったら、誰か頼れる人がいれば……。けれど、そんな相手は一人としていない。

だらだらと一週間が過ぎた。町は平穏だが、その静けさを不気味に感じるのは気のせいだろうか？　確かに、いつも不安がつきまとっているのは否めない。蒸し暑い陽気はその不安に拍車をかける。集会は二回開かれた。一度はブレークも出席したが、終わらないうちに帰ってしまった。彼はジェイムが脅迫された事実を知っているのだろうか？　たぶん、知らないのだ。どこかから問いかけてくる声がする。〝そう思うのなら、どうして彼に相談しないの？　彼の潔白を信じるのなら、全部打ち明けるべきじゃない？　本当は、彼が脅しに加担しているとわかるのが怖いんでしょう？〟

ファーンはジェイムの監視下に置かれてばかりいるのでだんだんつまらないことにだだをこね始めた。しっかりしているだけに、親に干渉されるのがいやなのだ。泣きっ面に蜂《はち》とでもいうか、ファーンにてこずっているときに母から葉書がきた。休みを三週間延ばすという。実際は何もしなかったが、すぐにも母に手紙を出したい気持だった。〝早く帰ってきて！　脅されているの〟と。

毎晩戸締まりは必ずチェックした。ありがたいことに、両隣には人が住んでいる。二階の電話も通じるかどうかちゃんと調べた。電話線を切られた夢を何度も見た。精神的疲労が重なってめっきりやせてしまい、日焼けしているのにまるで病人のように見える。サリーもそれに気づいてどこか悪いのではないかと心配顔でたずねた。

しばらくいろいろ思い悩んだあげく、ジェイムはレッスンを続けることにした。ちょうど保育園が休みに入ったので、ファーンを教室に連れていってもおかしくはない。だが、ファーンは同じ日課の繰り返しにたちまち退屈し、ある朝突如姿をくらましてしまった。そのときの不安だったことといったらない。ショックで気がどうかしそうになっているところへファーンがサリーと一緒に戻ってきた。サリーが近くの公園へファーンを連れていき、ぶらんこに乗せていたのである。ジェイムは思わずかっとしてしかりつけた。その激しい口調に二人はびっくりし、特にサリーは気を悪くしたように茶色の瞳を曇らした。彼女は四人兄弟の一番上で、小さい子を遊ばせるのには慣れている。不信の目で見られたと思えば傷つきもするだろう。悪いことをしてしまった。申しわけないとは思ったが、やはり事情を明かすことはできなかった。

二回目の会合のあと、ラジオのニュース番組のためのインタビューがおこなわれた。ポール・デーヴィスが彼の局で放送するために企画したのだ。メンバーのほか地方自治体から来た人も、僧院のような建物を破壊することは国家にとって、また後世の人々にとって大きな損失だと訴えた。

カロラインと建設業者もインタビューを受けた。カロラインは、維持費がかさむ上、相続税を払わねばならないので手放さざるを得ない。少しでもいい値で買ってくれる相手に売りたいのだと釈明した。一方、建築業者は、たくさんの人が〝高級住宅〟に入れるのだから、僧院を残しておくより地域社会のためになる、と言い張った。

「要するに、彼らはあそこを金に換えることしか考えていないんだ」チャールズは苦い顔をした。

暴力事件が起きたのは、二回目の会合がおこなわれた三日後だった。何かあるだろうと予測はしていたが、事件は思わぬ形で表れた。といっても、どちらかといえばほっとしたのだが。

ジェイムが想像していたのは、夜中にこっそり誰かが侵入して校舎を壊して立ち去るという類《たぐい》のことだった。しかし、実際は真っ昼間にティーンエイジャーたちが押し入ったのである。間もなく警官がかけつけたが、教室はほぼ完全に破壊されていた。

彼らの言い分によれば、職をよこせというデモなのだそうだ。僧院が宅地開発業者の手に落ちれば、宅地造成や建設に関連した仕事が生じる。彼らにとってはめったに訪れないチャンスというわけだ。臨時の仕事だけにはとどまらない。家が建ち、店がオープンし、学校ができれば、おのずと仕事の場ができる。

若者たちはうまく仕込まれていて、実にもっともらしいことを言う。話を聞いた人は、誰でもそれが彼らの本心から出た叫びだと思ってしまうだろう。ジェイムをねらったのは、教室が大当たりして慢心し、職のない人の悩みなどかえりみもしないから、と言えば説明がつく。

その夜は腰を落ち着ける間もなかった。心配してかけつけてくれた人が何人かいたほか、生徒が多数教室の復旧に手を貸すと申し出てくれた。しかし、中にはレッスンをやめると電話してくる生徒もあった。一生懸命がんばってここまで伸ばしてきた仕事もこれでついえてしまうのかと思うと、足元の大地が崩れていくような気がする。

さらに悪いことに、ファーンがぐずりだした。その気持はよくわかる。これまで一人で好きなように遊んできたファーンは、窮屈な生活を強いられて息が詰まりそうなのだ。特にジェイムがベッドへ連れていったときは猛然と抵抗を示した。

「ママなんて嫌い！　大嫌い！　あたし、パパのところへ行く」

会合の席で見かけて以来、ブレークには会っていない。なぜ彼は会いに来ないのだろう？　ファーンをそばに置きたがっていたくせに、あれ以後一度も顔を見に来ないなんておかしいではないか。

コーヒーをいれ、マグを片手にお気に入りの椅子に腰を下ろしたとき、表で車の止まる音がした。続いて激しくドアをたたく音……。暴徒がわざわざノックをして襲いに来たと告げるはずはないが、その音を聞いただけで身が縮む思いだった。ジェイムは椅子の上で体を硬くし、相手が去るのを待った。

ちょうど辺りはたそがれ、外に立っている人物の姿も見分けられない。ウィドウズ夫人はテレビにかじりついている時間だし、反対隣の若夫婦は外へ食事に出ている。声をあげても誰も聞きつけてくれそうもない。無意識に電話のほうをちらっと見たとき、再びドアをたたく音が響き渡り、「ジェイム！」と呼ぶ声がした。ブレークだ。

急に気がゆるみ、めまいを感じながら、ジェイムは飛び出していって大きくドアをあけた。どれほど自分がやつれて引きつった顔をしているか気づきもせずに。

「ジェイム！　どこか悪いのかい？」

悪い？　こんな恐ろしい思いをしていれば、どこか悪くもなるわ。ジェイムはひそかにつぶやいてブレークを中へ通した。

「どうしてすぐに出てこなかったんだい？　聞こえなかったわけじゃないだろう？」

本当のことを言ったら、彼はなんと言うだろう？　脅されていて、今度こそひどい目に遭わされると思ったのだと言ったら。

「ごめんなさい……」止めようもなく体が震える。ジェイムの腕を取ったブレークの手はとても温かく、冷たい体を温めてくれるようでうれしい。彼は眉をひそめ、目を曇らしている。前にも彼はこういう目つきをした。〝女がいるのね！　わたしに悪いとは思わないの？〟とヒステリックになじったときだ。もう、あのころみたいに感情に流されてはいけない。今は大人になり、自分の足で立っていられるのだ。しっかりしたところを見せなくては。

「大丈夫よ、ブレーク。わたしのことなら心配しないで」ジェイムはやっと小声で言って彼から離れようとしたが、ブレークはジェイムの体に腕を回して抱き寄せた。

「大丈夫なものか！」彼はぴしりと言った。「無理もない。知っていたらもっと早く来るんだったが、あいにく留守にしていたんだよ。さっき帰ってきたばかりなんだ。仕事でロンドンに行ってってね」

「出版社へ？」ジェイムはぼうっとしてたずねた。彼の腕のぬくもりが言いようもない安心感を与えてくれる。だが、彼がためらうのを感じ、余計なことをきいてしまったのだろうか、と不安になった。

「そう……そうだよ……。事件の話は、今さっきカロラインから聞いたんだ」

「彼女、さぞやご満悦だったでしょうね」思い出すまいとしても、この前ブレークに会いに行ったときにもれ聞いた言葉を思い出す。

「お母さんは？」ブレークはきょろきょろと周囲を見回した。

「まだ旅行中なの」ジェイムは母が休みを延ばして旅行していることを説明した。

「一人でここにいちゃいけない」

心配そうなブレークの口ぶりに一瞬ジェイムの胸は躍ったが、またすぐに暗くかげった。彼は本気で心配してくれているのだろうか、それともこれは油断させるためのたくらみなのだろうか？　正直に言えば、心配してくれていると思いたい。彼の肩に寄りかかって事情を打ち明け、慰めてもらいたい。彼がしっかりと抱き締めてもう何も心配いらないと言ってくれたら、どれほどうれしいか……。けれど、ジェイムはあえてその気持を押しのけた。もっと気をつけなくてはいけない。ブレークを愛するあまり、つい好意的な解釈をしてしまうのだから。

「こっち隣にはウィドウズさんがいるし、向こう隣にはハーグレーヴスさん夫婦がいるわ」ジェイムは精いっぱいさりげなく言って彼の腕をほどいた。彼から離れるのは胸が痛くなるほどつらかった。「一人ぽっちじゃないのよ」

「階上《うえ》ではファーンが寝てるしな」ブレークは軽く笑い声をたてた。「連中がもうちょっと狂暴なデモをしかけたら、すぐにあの子が飛んできて助けてくれるだろう。ジェイム、きみは自分がどんなに危険な立場にいるのかわかってないんだ。おっとりかまえていたらとんでもないことになる」

わからないはずはないじゃないの！　ジェイムは顔をそむけた。表情を見られたらきっと心の中を読まれ、全部白状させられてしまう。その結果、彼が事件に関係しているとわかるのが怖い。

「僧院を守る会はやめたほうがいいよ、ジェイム」ジェイムは驚いて振り返った。ブレークは渋い顔をして火の入っていない暖炉を見つめている。「きみとしてはもちろんやめたくないだろう。だが、これはきみが考えているほどなまやさしい問題じゃない。バロン一族っていうのは、やり方が悪らつで業界でも有名なんだ。その彼らが、僧院を手に入れようとやっきになっている」

「政府が保存会を組織しても？」ブレークの言うことはもっともであり、ジェイム自身も退会しようかと考えたことはあるが……。「そうなったら、僧院を守る会を解散しなくちゃならないでしょう？　あなたが言うように危険だとしたら、全員があぶないんじゃないの？」

「それは誰でもあぶない目に遭う可能性はある。ただし、全員が同じようにということはない。きみは、ほかのメンバーより弱い立場にいるんだ。攻撃の的になりやすい。今日の事件の裏にバロンがついているとすれば、これだけじゃすまないよ。ぼくは……」

ブレークが話しているときにノックがあった。チャールズだった。ここに彼が現れたのは喜ぶべきことなのか悲しむべきことなのか……。ブレークはひどく不愉快に思ったらしく、ジェイムがチャールズを迎え入れるといやな顔をしてにらみつけた。

「どうしてるかと思ってちょっと寄ってみたんだよ」勢い込んでしゃべりだしたチャールズは、ブレークに気がついて口をつぐんだ。ブレークはまるでわが家にいるみたいにゆったりと暖炉にもたれかかっている。

「おわかりでしょうが、ちょっと遅かったようですね」ブレークの太い声にはあざけるような響きがあった。「本当のところ、ぼくは驚いてるんですよ。あんな事件があったのに、あなたがジェイムを一人で帰すとはね」

「ぼくはテレビ局でスタジオに缶詰めになっていたんです」

チャールズは顔をこわばらせて申し開きをした。ジェイムは〝わたしは子供じゃないんだから一人でなんでもできるわ〟と言おうとしたが、その暇はなかった。

「ほう、そうですか」ブレークはますますばかにした口をきいた。その態度がよほど気にさわったのだろう、チャールズはさっと顔を赤らめ、突拍子もないことを口走った。

「テンプルトンさん。ぼくだってそう無能じゃないんですから、フィアンセの面倒くらいみられますよ。悪いんですが、ちょっとご遠慮願えませんか。ジェイムと二人だけで話したいことがあるんです」

「今ですか？」チャールズのうわずった声と対照的に、ブレークの声は冷たくなめらかだった。「それは無理ですね。だいじな事実をお忘れのようだが、あなたのフィアンセとやらいう女性はぼくの女房ですよ。遠慮すべきなのはあなたのほうじゃありませんか？　そもそも本当にジェイムの身を案じているのなら、今夜彼女を一人でほうっておけないはずです。テレビに出るどころじゃないでしょう」

「この運動を成功させるには、できる限り大勢の人に訴えなくちゃだめなんです。ジェイムもよくわかってますよ」

「今日のような災難に遭ってもですか？」ブレークは、弁解しようとするチャールズの先回りをして続けた。「いや、あなたが悪いというんじゃありません。ジェイムも会の運動の重要性は充分理解しているでしょう。しかし、今は運動なんかしなければよかったと思っているはずです。あなたが親身になってジェイムのことを考えているのなら、彼女を巻き込まないようにすべきじゃないんですか？　バロン一族の暴力に遭ったらひとたまりもないんですから」

「だからこそみんなで力を合わせて戦ってるのよ」ようやくきびきびした言葉がジェイムの口をついて出た。静かながら力のこもったその声に、チャールズはうれしそうな顔をし、ブレークは苦笑いを浮かべた。

「運動をやめる気はないんだね？　そうか、うっかりしてたよ。きみは昔から強情だったものな」ブレークはチャールズを振り返った。「そろそろお引き取りいただきたいんですが」

チャールズはむっとし、引きとめてくれと言わんばかりにジェイムを見た。「ぼくはまだ来たばかりですよ」

「ぼくの女房をフィアンセ呼ばわりするのは、少し行き過ぎでしたね」

チャールズは一瞬言い返すかに見えたが黙ってきびすを返し、出がけにジェイムを振り返って無愛想に言った。「明日連絡するよ、ジェイム」

顔つきから推して、チャールズはジェイムがもっと味方してくれると思ったらしい。だが、ジェイムにはもうそれだけの心のゆとりがなかった。チャールズにはどう思われてもかまわない。ブレークのそばにいると、守られているという実感がわいて安心できる。そのうれしさに、ついいつまでも彼と一緒にいたくなってしまう。

「運動なんかしてもなんにもならないよ、ジェイム」車が出ていく音を聞いて、ブレークは穏やかに言った。「彼の主義主張のために戦ってきみ自身を犠牲にするだけだ。きみはそんなことをするタイプじゃない」

「じゃ、どんなタイプ？　強い人にくっついて甘やかされているしか能がないって言うの？」

「いや……」ブレークはかたわらにやってきて、ジェイムの顔を見下ろした。離れなくてはいけない、と思いながらも、ジェイムはなぜか動けなかった。「きみはもう、ひとりで生きていける女だ。頭もいいし主体性もあって、決して人に寄りかかってばかりいる女じゃない。もともとは甘えん坊のかわいいタイプだが、自立心を身につけた今はきりっとしたところがある。ときどき女であることを見せるのが怖くなって、壁の陰に隠れたりもするね」彼は革のジャケットを脱ぎ、ぽんと椅子の上に置いた。そこでジェイムが不思議そうな顔をしているのに気づき、気軽な口調で言った。「きみをここに一人で置いてはおけない。あの高潔なナイトはあまり気を遣ってくれないようだから、ぼくがきみの護衛にあたるよ」

「今夜ここに……泊まるの？　だめよ……」

「何がだめなんだ？　ぼくたちは夫婦なんだよ。ちっとも悪いことはない。ファーンの話も残っているしね」

確かにそのとおりだ。ブレークがこの家にいて悪い理由は何もない。けれど、そんな理屈を持ち出すのは自分に対する言いわけで、本当は彼にいてほしいのだ。

「余計な心配をするといけないから念のために言っておくが、ぼくはお母さんの寝室を使わせてもらうよ」

すぐそばで彼に見つめられたジェイムは、ただ弱々しくつぶやく以外何もできなかった。

「でも……寝巻きも何もないのよ」

「ぼくは寝巻きなんか着ない。忘れちゃったのかい？　ほかは……歯ブラシなら前にも二人共同で使ったことがある」

ジェイムは思わず頬を染めた。ブレークがいつの話をしているのかはきくまでもない。彼が結婚しようと言った夜のことだ。あの夜、ジェイムはどうしても一緒に自分のところへ来てとすがりついた。そして初めて彼と結ばれ、朝、彼の腕の中で目を覚ましたのだ。そのとき、はっきりと悟った。ここが自分の身を置くべきところなのだ、生涯彼の腕の中にいるのが幸せなのだ、と。

「まだ何か言いたいことがあるかい？」

「ベッドを用意してくるわ」

「よし、ぼくはその間に温かい飲み物を作る」

ジェイムは自分をしかりつけながら階段を上った。ブレークに寄りかかりたがるとは、なんてだらしないの！　子供じゃあるまいし、自分のことは自分でどうにかすべきだわ。でも、今夜誰かがそばにいてくれれば本当に助かる。ファーンのためにも。そう、ファーンのためよ！　ジェイムはうれしくなった。ブレークを信じたのは間違いではなかった。彼は、ジェイムやファーンを守ろうと思っている。当初は脅しの計画に加わったとしても、思い直したのだろう。間違いないわ！　ジェイムは心の中で叫んだ。ブレークは本気でわたしたちを守りたいと思っているのよ。彼を信じよう！

三十分後、ブレークがいれたココアを手に、二人は向き合って座っていた。椅子におさまっているブレークの姿には少しの違和感もなく、そこにいるのが当然とさえ思える。

彼のもとを去ってから初めて、ジェイムは心の安らぐ思いをかみしめた。誰かに守られ、だいじにされるのって、なんてすてきなのだろう！　でも、これは幻覚。喜んでいてはいけないのだ。一人で生きてきた間、何度も心に繰り返したではないか。人を頼るのは愚かでもあり、わがままなことでもある。誰かに依存しすぎたら、いつかはお互いに見えない糸でがんじがらめになり、相手は自由を求めてきずなを断ち切る結果になるのだ。ブレークもかつて言ったとおり、ジェイムが人を思う気持はあまりにも強く、あまりにも深い。相手が息苦しくなるほどに。

5

ジェイムはよく眠れずに暗がりの中で目をあけた。まだ三時。昼間のできごとにショックを受けたせいかブレークが同じ屋根の下にいるせいかわからないが、どうしても眠れない。喉がからからで、カップに入ったお茶が目の前にちらつく。

ブレークやファーンを起こさないよう、ジェイムは明かりもつけず台所へ下りた。慣れた家の中のことだから、暗くてもたいして不自由はない。台所はブレークがいる部屋の真下なので、できるだけ足音をしのばせて歩いた。ところが食器棚にのっているマグを手に取った瞬間、庭に怪しい人影が……。たちまちマグは手からすべり落ち、がちゃん！　とすさまじい音をたててタイル張りの床に砕け散った。ブレークを起こしてしまったのではないだろうか、とそのほうが心配になり、見たとも見なかったともつかない人影のことは頭から消えてしまった。

恐れていたとおり、陶器の破片を集めているときブレークがジーンズのベルトを締めながら台所へ入ってきた。髪は乱れ、おおうもののない広い胸は電灯の下で黄金色に輝いている。起きたばかりなのに目はさえざえとして鋭く、視線はジェイムの青ざめた顔から砕けたマグへ、再びジェイムの顔へと戻った。

「お茶を飲もうと思ったの」ジェイムは後ろめたそうに弁解した。おどおどする必要などないのに。ここはジェイムの家であり、ブレークは招かれざる客なのだ。

「それにしちゃずいぶん大騒ぎだな。まるで薬の切れた麻薬依存症者みたいじゃないか」

「起こしちゃってごめんなさい」やかんが音をたて始めたので、ジェイムはブレークに背を向けて火を消しに行った。後ろから彼の厳しい声が聞こえてくる。

「何ごとかと思ってびっくりしたよ。最初は誰かが押し入ったのかと思った。ジェイム、ファーンと二人でこの家にいちゃあぶない。ぼくとしてはどうしても黙って見ていられないんだ」

「わたしがあの会をやめれば、危険はなくなると思う?」ジェイムは目を伏せてたずねた。

彼の顔を見るのが怖い。その目に疑惑を裏づける影が宿っていそうな気がする。

「もちろんだ。だが、きみは僧院保存運動をやめる気はないんだろう? バロンを敵に回したら恐ろしいとわかっても」

「教室を壊しに来た子たちもバロンの手先だって言うの?」

ブレークは本当にそう思っているのだろうか? 本当はあれが彼とカロラインの仕組んだ事件だったとしても、やはりバロンが陰で糸を引いていると答えるのではないだろうか？　ぐずぐず考えていないで彼にずばりとたずねればいいのに、意気地なしの自分が情けない。

「おそらくそうだろう。ただし、証拠はつかめないと思うよ。そんなへまをする連中じゃないんだ。あっ、あぶない……」ブレークは、鋭い破片を踏みそうになったジェイムにさっと手を伸ばして抱き上げた。

「下ろして、ブレーク！」ジェイムの声は彼の喉にふさがれて消え、彼はそのままジェイムを居間に運んで長椅子の上に下ろした。彼が体をかがめた瞬間温かい肌のにおいが鼻をくすぐり、昔の記憶がどっとよみがえった。何度こうして彼の腕に包まれたことか……。彼の肌のぬくもりが胸に伝わってくる。ずっと抱いていて、と言いたい気持。だが、ジェイムは体をひねり彼の腕から抜け出した。

薄いコットンのネグリジェは悩ましげに肌にまつわりつき、いつもながらに体の奥から熱いものがわき上がってくる。

「ここにいなさい」ブレークはぶっきらぼうに言った。「ぼくがお茶をいれてくる。かけらも片づけるからいいよ。なんで下りてきたんだい？」

「目が覚めたら眠れなくなっちゃったのよ。何か飲んだら眠れると思ったの」

「ぼくも眠れないときがあるけど、普通はアルコールの入っているものを飲むよ」

ドアがあけたままになっているので、台所で要領よく破片を拾っているブレークの姿が見える。一緒に暮らしていたころ、ブレークはよく家事を手伝ってくれた。おかしなことに、ジェイムはそういう彼がとてもいやだった。自分がますます彼にとって不必要な人間に思えたからだ。そのことでけんかもした。ブレークの言葉を今でも覚えている。「ぼくはメイドがほしくてきみと結婚したんじゃないぞ。一緒にやっていこうと思って結婚したんだ」彼は世の女性がみんなうらやましがるような旦那《だんな》さまぶりを発揮してくれたのに、当時のジェイムはそれを受け入れることができなかった。いつも不安で、古くさい夫婦像を捨て切れず、心にゆとりがなかったのだ。

「どうした？　何をぼんやりしてるんだ？」

「え？　ああ、チャールズのことを考えていたのよ」とっさにジェイムは嘘《うそ》をついてブレークの手からお茶を受け取り、目をそらした。考えていたのはブ、レ、ー、クのこと。それと、昔の自分の愚かしさ。でも、断じてそんなことを悟られたくない。

「ふうん、そうか……」

ブレークの目に浮かんでいるものは憤りではない。言うまでもなく彼はチャールズに好意を持ってはいないが、その張り詰めた暗い目は嫉妬《しっと》に燃える恋人の目だ。

「きみはまだぼくの妻なんだよ、ジェイム……」

「だからって、ほかの男の人のことを考えられないわけじゃないわ」

いったいどうしたのだろう？　むきになる必要もないのにとげとげしい言い方をして

……。ブレークはいっそう厳しい顔をして体をこわばらせている。それを目にして自分の心理がわかった。彼にやきもちをやかせたかったのだ。

「トムソンには、きみが夢中になるほどの価値はない。何か考えるならあの男のことじゃなくてこういうことを……」

あっという間にブレークの手がジェイムのつややかな髪をつかみ、そっと引っ張った。ジェイムは頭をのけぞらし、なすすべもなく彼を見上げた。彼の親指があごの線をたどり、目がじっと唇を見つめている。彼は、その唇のかすかな震えに気づいているに違いない。やがて彼はジェイムの喉に手をかけ、ゆっくりと唇を近づけた。

ブレークの唇を待つのは苦しみにも似た思いだった。わざとじらしている彼が憎い。でも、彼がキスしようとしていると思うと、くらくらするほど気持が高まり、たまらないうれしさを感じる。

「ジェイム……」

ブレークの唇が軽く触れる。ジェイムの反応を見るかのように。そこでなんの抵抗にも遭わないとわかった彼は、唇でジェイムの唇の輪郭をたどった。ジェイムは彼のキスを待ち、そっと唇を開いた。

喜びが体の奥からわき上がってくる。何度となくブレークに対して感じたこの思い。彼の唇を受けたとき、ジェイムは喉の奥で悩ましげな声をたて、ぴったり彼に体を押し当てた。いつまでもこうしていたいの。放さないで。そう心で訴えかけながら。

その思いが通じたのか、ブレークのキスは激しさを増した。彼にはジェイムの気持が読めるのだ。体の中にある何かが彼を求めて熱く燃える。その炎は大きく燃え上がり、やがて徐々に静まっていった。ふと我に返ると、いつしか彼の腕に包まれて体を横たえていた。キスの跡をとどめる唇には、まだ温かく彼の唇が触れている。

「ジェイム、きみを抱きたい。きみだって同じだ。ぼくに抱かれたいんだろう?」

「違うわ」きっぱり答えながらもジェイムにはわかっていた。ブレークの言うとおりなのだ。

「トムソンに男としての魅力を感じてるのか? ばかな。あいつはきみみたいな女を満足させられる男じゃない。きみが〝フィアンセ〟だとは笑わせるじゃないか。深いつき合いもしてないくせに」

「どうしてわかるの?」ジェイムは彼の腕の中でそわそわと体を動かした。すべてを見抜かれそうで怖いが、彼と体を寄せ合っているうれしさはやはり否めない。

「トムソンと深い仲なら、ぼくにさわられてうれしいはずはない。たとえば、こうして……」ブレークの親指がジェイムの耳の後ろをやさしくなで、喉を下りていく。一瞬ジェイムの体を快いおののきが走った。「それでなければ……」今度は彼の指が深くくれたネグリジェの襟の中にすべり込み、胸のふくらみをまさぐる。ジェイムは息をのみ、体を硬くした。胸が大きく鳴りだし、その音が二人の間にこだましそうに思える。ブレークは器用にネグリジェを肩から外し、するすると下まで引き下ろした。それにつれて女らしい体の線と小麦色の肌があらわになる。ブレークの目はその肌に残るビキニの跡をたどった。

「ブレーク、こんなことをしちゃいけないわ」早く冷静に返って彼を止めなくては！　このままでは彼の目に躍る熱い光に魅せられ、自分を見失ってしまう。もちろん、情熱のおもむくままに彼にすべてをゆだねたい。心がすでに彼のものであるように、体も彼のものにしてほしい。けれど、そのあとがどうなるか考えると……。

「ジェイム、きみは間違ってる。これでいいんだ」感情と闘っているのか、ブレークの声はいつもと違って聞こえた。拒まなくてはいけないと知りながらも、ジェイムは衝動に負けて彼の肌に手を触れた。明かりを受けて彼の肩は金色に輝き、体はジェイムの手に応《こた》えてじりじりと迫ってくる。言葉に尽くせない感激……自分にまだ彼を燃やすことのできる力があるなんて……。〝体を求めるのは愛情と関係ないのよ〟心の中でささやく声がする。けれど、ジェイムはその声に耳を貸さなかった。そんなことは思い出したくもないくらい、ブレークを身近に感じ肌を接しているのはすばらしかった。こうした不思議な力を持っているのはブレークしかいない。

「こんなふうにさわられていると、きみを抱かずにいられなくなる。よかろうと悪かろうと。きみの手がぼくの体に話しかけてくるんだ。ぼくにさわっていたいって。ぼくも同じだよ」

ジェイムの胸は激しく高鳴り、ブレークはそれを感じて不意に自信ありげに言った。

「やっぱりきみはぼくに抱かれたいんだ。そうだね？」

ブレークは初めて確信が持てたような言い方をした。実際は、いつもいつも彼に抱かれたかったのに。彼がそばに来るたびに、どれほど期待に胸が躍り体がおののいたことか……。

ジェイムはもう目をそらさなかった。いかに彼を愛しているかに改めて気づき、急に大胆になれた。こがれる思いを語りかけるように、手は彼の胸をまさぐり、そろそろとすべり下りてジーンズの縁で止まった。

ブレークはジェイムの喉元に顔をうずめてつぶやいた。「ジェイム、きみにこうやって燃やしてほしかった。知らないだろう？　ずっとそう思っていたんだよ。ぼくをこういう気持にさせるのはきみしかいない」

彼の言葉は大きな力となって、恐れや恥じらいを完全に追い払った。ジェイムの中に潜んでいた奔放な部分が突然目を覚まし〝この男の体を燃やすのよ、じらすのよ〟と呼びかけてくる。その声の導くままにジェイムはブレークの肩から喉へとキスを繰り返した。柔らかい唇は彼の肩にやさしく触れ、甘い喉をたどる。忘れもしない彼のにおい――気持はますます高まっていく。受身一方だった昔と違って、今は燃える喜びを彼と分かち合いたい。ブレークの体に細かな震えが走る。

ジェイムは彼のベルトに手をかけた。だが、思うように手が動かず、最後は彼が自らベルトを外してジーンズを脱ぎ捨てた。

褐色に輝く肌、見事に整った体——何もまとわないブレークの体は、息をのむばかりに美しかった。ジェイムはうっとりして彼の体に手をかけ、肌のぬくもりや引き締まった筋肉の感触をいつくしんだ。それは、男らしい体に対する無意識の賛美だったのかもしれない。

「ジェイム」ブレークは苦しそうにつぶやいた。これ以上自分をおさえてはいられないと告げるように。けれど、ジェイムは愛撫《あいぶ》の手を止めなかった。彼の体を手に感じているだけでは満たされない。愛と欲望が一体になり、すべてを彼にささげ、思いのたけを打ち明けたくなる。どれほど愛しているか包み隠さず話したら、ブレークだってわたしを受け入れてくれるだろう。彼の体につと力が入った。彼の腿に置いた手を通して、筋肉の動きが伝わってくる。ジェイムは頭を下げ、彼のみぞおちの辺りに唇をすべらした。たちまち彼は大きく息をのみ、ジェイムの胸も息苦しいほど高鳴った。

「ジェイム」ブレークの声がジェイムの髪の中に吸われていく。彼はジェイムの髪を指に巻きつけ、頭を引き離そうとした。だが、熱い愛撫に負けて逆にジェイムをいっそうしっかりと抱き寄せた。

彼の体がもだえるように動き、喉からは苦しみとも喜びともつかない声がほとばしる。彼の体が熱い。ジェイムと同様、燃えているのだ。不意に彼はジェイムの体を押しやり、上に引き上げて胸に唇を押し当てた。

ジェイムの体を甘い喜びが貫く。愛を打ち明けたいというひそかな願いはどこかへ消え去り、もっと激しい感情が胸の中に渦巻いた。彼のものになりたい！　ただそれだけだった。ブレークはジェイムと並んで横たわり、ジェイムの体に手をすべらしながら狂おしく胸に口づけを繰り返した。このうれしさ、この気持の高まり——これは現実なのだろうか？　はかなく消える幻ではないだろうか？

「かわいいジェイム。何度こうしたいと思ったかしれないよ」ブレークの声は感情にのまれてかすれ、体は震えていた。手はジェイムの体を愛撫し、忘我の境に誘っていく。この先に待ち受けるものはただ一つしかない。「いいんだね、ジェイム？　いいんだね？」

ジェイムは甘いうずきを感じて全身をくねらせた。細く締まって力にあふれる彼の体。その重みを受ける喜び、ジェイムの唇は彼の激しいキスを求めて開き、体は彼を待っておののいた。早く彼と一つになりたい。片ときも忘れられなかった彼の体を、もう一度わが身で感じたい。

二人はどちらからともなく床に体を横たえた。五日前に誰かが、この部屋でブレークと愛の行為を分かち合うだろうと予言したら、ジェイムは目を丸くして〝まさか！〟と答えただろう。しかし、これはまぎれもない現実だ。二人は抱き合って横になり、ブレークの体はジェイムの腕の中で燃えている。ジェイムが彼に燃えているのと同じように。やがて全身に歓喜の震えが走り、ジェイムは恍惚《こうこつ》感にのまれてブレークの名を叫んだ。その声をかき消そうとするかのように、ブレークの唇がおおいかぶさる。その唇から伝わってくるのは、愛の凱歌《がいか》と男の満足感。ジェイムも彼の体の震えを感じ取り、満たされてうっとりと彼の腕に体を預けた。

「まるでベッドが使えないティーンエイジャーみたいだな。階上《うえ》に二つもベッドがあるのに」ブレークはジェイムをぐっと抱き締めてつぶやいた。

「わたしのはシングルベッドよ」ジェイムは眠たげな目を向けた。「あなたと二人で使うには狭すぎるわ」

ゆったりと横たわっているブレークの体はすらりと伸び、あのベッドに心地よくおさまりそうもない。「きみは変わったね」彼は反射的に手を伸ばし、慣れた感じでジェイムの胸のふくらみを包み込んだ。「前は、一度だって積極的なところを見せなかった。今夜みたいに、きみのほうから誘ってきたのは初めてだ」

「わたし、そういうことは女性のほうからしちゃいけないんだと思っていたの。あなたがいやがるだろうって……」ジェイムは顔が影になっているのを感じてほっとした。これなら赤くなった顔を彼に見られずにすむ。

「いやがるだって？　その反対だよ。今夜の十分の一でもいいから積極的になってもらいたかった。何度もきみにそう言いたいと思ったんだよ。ところでジェイム、今こんな話をするのはどうかと思うが、やっぱりぼくは黙っていられない。僧院を守る会から抜けてくれ。僧院を残したい気持はよく理解できる。だが、きみは自分がどれほどたいへんなことに巻き込まれるかわかっていないんだ」

「あなたはわかってるの？」ジェイムはむっとした。満たされた安らかな思いはたちまちどこかへ去り、疑惑が再び頭をもたげた。ブレークは、ジェイムをあの会から脱退させるために抱いたのだろうか？　あり得ることだ。彼は、ジェイムがすぐに彼の腕の中で溶けてしまうのを知っているのだから。

「きみよりは内部事情がわかっているつもりだ」ブレークはそっけなく答えた。「だからきみに深入りさせたくないんだよ」

どういう意味なのだろう？　彼自身もカロラインの脅しに加担していたけれど、今は思い直したという意味？　もしかしたら、彼がカロラインをたきつけ、バロン一族の力を借りろとすすめたのかもしれない。とにかく、いつかの男はバロンの差し金でスタジオへ脅しに来たのだ。

「あなたが今夜来たのはそのためだったの？　わたしを説得して、退会させたかったから？」

ブレークは腕をほどき体を離した。とたんに冷たい空気が肌を包む。体が離れると同時に二人の間のきずなもぷっつり切れてしまったような気がし、ジェイムは思わず身震いした。

「違うよ。何を言ってるんだ!」ブレークは苦々しげに口走った。「だが、きみのことだからまた勝手につまらない解釈をしてるんだろうな。きみはいつもそうだった。愚にもつかないことでぼくを責めたてて……。何年もたったから大人になっただろうと思ったんだが、とんだ見込み違いだったよ。まあ、仕方がない。その点はあきらめよう。ただ、一つだけ覚えておいてくれ。危険な目に遭うのはきみ一人じゃないんだよ。ぼくの娘もなんだ。きみがぼくの妻である以上、ぼくとしてはきみたち二人をほうってはおけない。どうしても誰かつけておきたいんだ」

「それじゃ、正式にあなたの奥さんでなくなればいいわけ?」

ジェイムはわっと泣きだしそうだった。最も深くむつまじい交わりをしてから十分とたっていないのに、もうあのときのムードは影も形もない。やはり、情欲と愛情とは別物なのだ。この二つを混同しないようにしなくては……。

「きみの言いたいことはわかってる」ブレークは怖い顔をしてにらみつけた。「だが、何か忘れてるんじゃないか? 離婚するには、ぼくの同意が必要だ。それがない場合は、五年以上別居を続けているという証明がなくちゃいけない。きみにはどっちもないんだよ」

「なぜわたしを縛っておくの？」ジェイムは声を荒らげた。「わたしにはわからないわ。なんのために……」

「教えてあげよう。今のままなら、きみはうるわしのチャールズと結婚できないからさ。その上、ぼくもほかの女との結婚問題に悩まされずにすむ」ブレークは冷ややかに言って立ち上がった。「さあ、ぼくは部屋へ戻って朝まで寝かせてもらうよ。寂しかったらいつでもおいで」

ふざけたせりふを残してブレークは姿を消した。とても眠れそうもないとは思ったが、ジェイムも仕方なく階段を上った。しかし、空がしらみ始めるころ、深い眠りに誘われていた。

目が覚めたとき、最初に気がついたのはベッドわきのテーブルにのっているコーヒーだった。もうさめてしまっている。ねぼけて母が置いていったのだと一瞬思ったが、事実を思い出して急に顔が熱くなった。ブレークに寝顔を見られたくらいで、なぜ恥じらいを感じるのだろう？　何時間か前には体を許し合ったのに。

開いた窓から、庭にいるファーンの笑い声が聞こえてくる。ずいぶん長い間ファーンの笑い声を聞かなかったわ。ため息をつきかけたジェイムは、はっとしてベッドから飛び下り、窓辺にかけ寄った。幸い、心配した事態は起こっていなかった。ファーンはブレークと遊んでいた。不安で冷たくなった体に温かい血が流れ始める。ジェイムに対してどういう感情を持っているにしろ、ブレークは決して娘を危険にさらしたりはしないだろう。昨夜の口ぶりから推して、彼はジェイムが脅された事実を知っているらしい。そうなれば、ファーンの身の危険は充分承知しているはずだ。

ジェイムは素肌をさらしているのも忘れて父と娘の姿を見守った。これこそずっと夢見てきた光景だ。夫と子供が楽しげに遊び、笑い合って……。だが、昔はその夢をブレークに押しつけようとしすぎた。そのとき、彼が急に口をつぐんだ。見られたと知って体を引いたがすでに遅い。彼の目はジェイムの胸の曲線をしっかりととらえていた。頬がほてる。あの目は、明らかに昨夜の愛のいとなみを思い出している目。それだけではなく、ジェイムにもあの熱いひとときを思い出させようとしている目だ。

ジェイムが階下《した》へ下りたとき、ひょっこりチャールズが訪ねてきた。彼はブレークが無遠慮に家の中を動き回っているのを見て、すっかりまごついているようだ。もっとも、それはブレークのジェスチャーだったのだが。ブレークは「食事はぼくが作ってあげるよ」とまで言いだし、強引にジェイムとチャールズをダイニングキッチンに座らせて調理台の前に立った。

「ぼくはきみと二人きりで話したかったんだ」

チャールズは憤慨した顔をし、ひそひそ声で言った。だが、ちょうど大きな皿を運んできたブレークは、すばやくその言葉を聞き取った。彼はふわりとおいしそうにできたスクランブルエッグをジェイムの前に置き、チャールズに向かって言った。

「二人だけの話といっても、ぼくに遠慮はいりませんよ。ぼくたち夫婦はお互いに隠しだてしないことにしてますから」

「ぼくたち夫婦って……」チャールズはブレークからジェイムに視線を移した。「どうなってるんだい？　きみたちはあれだけ別居していて……」

「その結果、もう別居はやめるべきだと判断したわけです」驚いたことに、ブレークはテーブルの向かい側からジェイムの手を取り、てのひらに唇を押し当てた。ほんのつかの間のことではあったが、ジェイムの胸はたちまち熱くなった。「それがお互いのためですから」いかにも親しげな、ハスキーな声。ジェイムはぽっと頬を染め、つま先に力を入れて体の震えをおさえた。

いったいブレークはどういうつもりでこんなことを言うのだろう？　しかし、チャールズの前でたずねるわけにはいかない。ブレークの釈明を聞きたくてうずうずしていたジェイムは、チャールズが帰るや詰め寄った。それに対し、ブレークは肩をすくめて平然と答えた。

「当たり前のことをしたまでさ。自分の持ち物を守ろうと思えば、誰だってこうするよ」

彼には少しの良心の呵責《かしゃく》も見られない。

「わたしはあなたの持ち物じゃないわ！」ジェイムはかっとして言い返した。

「持ち物じゃないが、ぼくの妻であるのは事実だ。今後ともね。目を覚ましなさい、ジェイム。トムソンと一緒になったって、きみは幸せになれっこない。彼はきみを満足させられる男じゃないんだ」

「あらそう。で、あなたは満足させてくれるのね?」ジェイムは精いっぱい皮肉をこめた。

「そうは言ってない。たぶん、満足はさせられないだろう。だが、少なくともトムソンよりはましなつもりだ。ゆうべ、きみはちっとも拒絶反応を示さなかった。むしろその反対さ。あれは、恋人に満足している女の態度じゃない。もっと言わせてもらえば、別居してからきみには深い仲になった男はいなかったと思う」

「もうたくさん!」ジェイムは金切り声をあげ、憎らしくも面白そうに笑うブレークの声を聞きながら居間へ逃げ込んだ。

「パパがいなくなってつまんない」

一時間後、ジェイムと二人だけになったファーンが口をとがらした。ジェイムは娘のくせっ毛をなでつけ、ため息をついた。ブレークとはあれからさらに話し合いをした。彼は僧院を守る会から脱退しろと言う。しかし、どうしてそんなことができよう? すでに運動する気をなくしてしまった人も何人か出ており、初め嘆願書に署名しておきながら、このごろではバロンに売り渡してもいいではないか、と言っている人もいる。若者たちが仕事に恵まれるし、最新建築によるきれいな家ができるのだから、と。

食料品の買い置きを調べると、パンと卵が底をついていた。ブレークがさっきスクランブルエッグに使ったのが最後の卵だったのだ。近所で買おうか、それとも町へ出ようか？　今はなるべく家を留守にしたくない。しばらく迷ったあげく、ジェイムは近所の店で買うことにした。

6

「まあ、ジェイム、たいへんだったんですってね。怖かったでしょう！」

牧師補の奥さんが気の毒そうに話しかけた。ジェイムは足を止め、ファーンから目を離さないようにしながらシモンズ夫人の話に耳を傾けた。

「今、ジャニスが子供たちを連れてうちに来てるのよ」ジャニスというのは牧師補夫妻の娘で、ファーンと同じ年ごろのふたごの子供がいる。「一度、お茶の時間にファーンを連れていらっしゃい」

ジェイムは気乗りがしなかったが、ファーンが小躍りして喜ぶので断り切れなくなってしまった。

「あなた、疲れてるみたいよ」シモンズ夫人は続けた。「お母さまはいつお帰りになるの？　実はこの間屋根裏部屋からろうそくが一対出てきたの。お母さまに見ていただきたいんだけど……」

その後十人以上にものぼる人々から励ましの声をかけられ、そのつどおしゃべりしていたので、家に向かうのがすっかり遅くなってしまった。その上車に足を運んでいるとき、ビル・スミザースが事務所から飛び出してきて呼びとめた。ビルは保険のセールスをしていて、ジェイムも母も彼を通して保険をかけている。

「ジェイムさん、ちょうどよかった！　会社から電話があったんですよ。明日、係が被害額を査定しに来るそうです。学校でその男に会ってもらえますか？」

明日！　いろいろなことがすばやく頭の中をかけめぐる。それなら、ファーンをシモンズさんに預けてしまおう。子供連れで学校へ行くわけにもいくまい。

「ずいぶん早々と来てくださるんですね」

「急いでくれって言ったんですよ。早くレッスンを再開したいだろうと思いましてね。心配することはありません。保険は充分かけてあるんですから。なにしろうちの保険に入っていれば、大船に乗った気持でいられるってものです。明日来るリック・ブルーワーっていうのも感じのいい男ですよ」

教室で落ち合う時間を決め、ジェイムは急いでファーンを車に乗せた。家の前に車をつけてふと見ると、ブレークの車が止まっている。ジェイムの車に気づいたブレークが運転席から降りてきた。例によってたちまち心臓が激しく打ちだす。ブレークはしかめっ面をして二人のためにドアをあけたが、ファーンが「パパ……だっこ！」と飛びついていったので仕方なく笑顔を見せた。

こんなにすぐにブレークが会いに来るとは！　彼に抱かれたひとときが不意によみがえり、ジェイムは赤くなって顔をそむけた。ウィドウズ夫人が、家に入る三人を窓からながめている。ブレークが出入りするのをなんと思っていることやら。

「何か用事？」ジェイムは我ながら驚くほど冷静な声でたずねた。

「きみたちをここに二人で置いておくのが気になってね――あんな事件のあとだから」

「それで、どうしろって言うの？　ボディガードを雇えって言われても、わたしの収入じゃ雇い切れないわ」

「ぼくのところへ来たらどうだ？　とりあえずお母さんが帰るまでの間だけでも」

ジェイムはぽかんとして彼を見つめた。「あなたのところって……あの離れへ？　カロラインに悪いんじゃないの？」

言ったとたんにしまった、と思った。これでは〝やいています〟と言わんばかりではないか。だが、ブレークは真面目な顔で答えた。

「何が悪いんだ？　ちゃんと夏いっぱい契約をしてあるし、きみたちはぼくの家族なんだよ」

「でも、あそこへ移るわけにはいかないわ。狭い土地のことだから、すぐ人の噂《うわさ》になって……」ジェイムはうろたえて口ごもった。

「あの夫婦はもとのさやにおさまったと言われるだけさ。人の口なんか気にすることはないだろう?」

平気な顔をしている彼に、ジェイムは腹が立った。

「そりゃ、あなたは気にならないでしょうよ。じきによそへ行ってしまうんだから。でも、残ったファーンとわたしはどうなるの?」

「そうか、トムソンとの仲がまずくなると思って心配してるんだな? まだわからないのかい、ジェイム? 彼はきみにふさわしい男じゃないんだ」

「でも、あなたのところへは移れないわ。だめと言ったらだめなのよ」

「ファーンの身を守るためでも?」

ジェイムの心臓は一瞬止まり、再び大きく打ちだした。今のブレークの言葉! やはり彼を信用してはいけなかったのだ! ブレークは脅しの事実を知っている。だからこそ、自分のところへ来いと言うのに違いない。おそらく、初めカロラインと組んで脅しを計画し、今になって思い直したのだろう。教室が壊されたのを見て怖くなり、逆に二人――ではないまでも、ファーンを守ろうとし始めたのだ。

「ええ、無理だわ」心の動揺を隠し切れず、ジェイムは震え声で言った。「それに、あなたの仕事の邪魔になるじゃないの。わたしたちがそばにいたら、気が散るでしょう?」

「じゃ、きみたちは誰がみるんだ? トムソンか?」

「お断りしておくけど、チャールズには変な下心なんかないわ」

ジェイムはぷんとして言い返した。ブレークがチャールズの名を口にするときのばかにした口調がしゃくにさわる。買い物袋の中身を出し終えて何げなく目を上げると、ちょうどブレークが口を一文字に引き結んだところだった。目はひすいにも似てグリーンに光り、鋭くこちらを見すえている。今にも堪忍袋の緒が切れそうな様子だ。ブレークが手を上げたことなど一度もないが、ひとりでに足がじりじりとあとずさりしてしまう。そのおどおどした動作にたきつけられたのか、ブレークはつかつかと近寄ってジェイムの肩をつかみ、乱暴に揺さぶった。

「なんでそんな怖そうな顔をするんだ？　ぼくが暴力できみを犯すとでも思ってるのか？　いい加減にしろ。なるほど、よく女が逃げ腰になったから犯したって言う男がいるが、わかるような気がするよ」ブレークはジェイムの青ざめた顔を見下ろし、いきなり唇を奪った。〝いや〟と言うすきも与えずに。

昨夜のキスとはなんという違いだろう！　冷たくむごく、ただ所有物の刻印を押しているみたいなキス。プライドは傷つき、唇は痛み、みぞおちに一撃を受けるよりももっと強烈なショックだった。ジェイムは応《こた》えまいとがんばった。彼は激しく唇を押しつけてくるが、負けてはいけない。しかし、くやしいことにいつの間にか唇は彼を許し、侮辱的であろうとなんであろうと、もっとキスしてほしいと訴えかけていた。

「だめだ、ジェイム。まったく、きみにはつい……」ブレークは言葉を切り、ジェイムを放した。「もう帰るよ。ぼくと暮らす気がないのなら無理にとは言わない。ただ、気をつけてくれよ。いいね？」

彼の乱暴なキスにプライドを傷つけられていたジェイムは、苦々しい顔をして答えた。

「今ごろわたしたちのことを心配しても、もう遅いんじゃない？」

一瞬、色を失った頬とぼう然とした表情がブレークを別人に変えた。だが、すぐに彼の頬には憤りの赤みが差し、目は厳しさを取り戻した。

彼が去るとジェイムは椅子に座り込み、両手で顔をおおって胸にしみ込んでくる苦痛を追い払おうと努めた。けれど、事態はますます悪くなる。体は麻薬を求めるように彼を求め、心は切なく彼を慕うばかり。これではいけない。ファーンのことを考えよう。それにしても、自分の子供を危険にさらすとは、ブレークもどうかしていたのではないだろうか？

その夜は再び会合が予定されていた。ジェイムとしては出席せざるを得ない。幸い、隣の若夫婦がファーンを預かってくれるという。ウィドウズ夫人に預けるよりは安心だ。年配の女性では、もしものことがあった場合ファーンを守れないだろうから。出かける支度をしているとき、心の片隅で意地悪な声がささやいた。〝ブレークに預ければ一番安全なのに、あなたはばかね〟だが、どうして彼と一緒に暮らすことなどできよう？　彼のそばで愛と疑惑の板ばさみになるなんて苦しすぎる。この上なく彼を愛している一方で、バロンやカロラインと手を組んでいるのではないかと疑わずにはいられないのだ。

迎えに来たチャールズは、いやにしゃちほこばって他人行儀だった。ブレークが家にいたことについて説明しなくてはいけないと思うのだが、どうしても言葉が出てこない。

「今夜は役所から人が来て話をするから聞いてください。歴史的価値のある建造物が、今年だけで何軒壊されたか知ってますか?」

ジェイムには見当もつかなかった。統計学はチャールズの得意中の得意だ。とうとうしゃべりまくる彼の声を右から左へ聞き流しているうち、会場である教会に着いた。

会場に入ってまず気がついたのは、出席者が少ないことだった。ポール・デーヴィスの姿も見えない。チャールズによれば、バロンはポールの放送局の大株主なのだそうだ。

「きっと彼は運動をやめるほうが得策だと思ったんだろう」チャールズは不愉快そうに言った。

バロン一族はこうして徐々に反対派を崩していくのだ。これでジェイムがチャールズを説得して運動をやめさせれば、彼らにとって邪魔者はいなくなる。暑い夏の夜なのに、ジェイムは寒けがした。彼らの攻撃はもっと熾烈《しれつ》になるに相違ない。彼らもカロラインも無理やり売買成立に持ち込もうと考えているのだから。

話をしに来たのはぱりぱりして魅力のある四十代の女性だった。話しっぷりも堂に入ったもので、政府機関の考え方を語る口調にも熱がこもっていた。それによれば、保存令に違反した人を処罰するには裁判に訴え高額の罰金を科するしかないという。

「もちろん、非良心的な建設会社はうまい言いわけをします。指定を受けた建物を壊したのは、下請け工事人のミスだというのです。自分たちは壊さずにおくつもりだったのに、工事人が指示どおりにしなかったのだというわけです。建物が壊されてしまったら、わたくしたちとしてはもう何もできません。しかも、建設会社はその土地を利用して莫大《ばくだい》な利益を上げ、罰金を払っても最終的には非常に得をするのです」

話は続く。「わたくしが知っているだけでも、歴史的価値のある建物が十件以上〝指示の解釈を誤った〟という理由で破壊されています。休日や週末に、ブルドーザーが来ていきなり壊してしまうのです。指示を取り違えて壊したとはとても思えませんが、会社側がどういう指示をしたかは調べてもなかなかわかりません。バロン一族がこうしたずるい手口を使うのは皆の知るところです。ただ、証拠がつかめないのです。英国放送協会は今この点について徹底的調査をしようと番組の構想を練っています。それが実現すれば、現在わたくしたちが取り組んでいる問題に公正な光が当てられるわけです」

「バロンは汚い手を使って僧院を壊すとお思いですか？」誰かが質問した。

「わかりません。僧院の所有者はバロンに売りたがっていますが、ほかにあの建物を買ってすまいとして使い保存したいと言っている人があるのです。ただ、バロンほどはお金を出せないようですが。わたくしたちとしては、その人が買い取ってくれればこんなにうれしいことはありません。でも、バロンは優先権があるといって譲らないでしょう」

その後はすぐにお開きになった。チャールズは黙々として車を走らせ、家の前に着いて初めて口を開いた。

「ご主人とまた一緒になるのなら……もう、おつき合いできませんね。そういう話が出たときに、ひと言言ってほしかったな。あなたの弁護士として、知っておくべきことですから。ただ、もっと個人的な意味で……」

「すみません。本当に申しわけないと思ってます」ジェイムはチャールズの話をさえぎった。彼が他人行儀な口をきくので、いやおうなしに調子を合わせた。「これからもいいお友達でいてください」

車から降りたときには、ヒステリックな笑いがこみ上げた。まるでマナーの本から抜け出してきたカップルみたい。でも、少なくともこれでだいぶ気が楽になった。会をやめろとチャールズを説得する立場ではなくなったのだ。今は、誰だか知らないが僧院に住みたがっている人がカロラインを説き伏せてくれるよう祈るのみ。その人物が買い取ってくれれば、すべて丸くおさまるのだ。

家に入ると隣の夫婦がにこやかに出迎え、ファーンはおとなしくしていたと報告した。ジェイムはお礼を言い、彼らを送り出してからいつものように戸締まりを調べて回った。ちょうどそれが終わったとき、電話が鳴った。怖い……二、三秒電話機をにらんで立ち尽くし、やっと勇気をふるい起こして手を伸ばした。

「もしもし、ジェイム？」

ブレークのきびきびした声が流れる。

「ブレーク……な、何かあったの？」

「いや、ただ無事に帰ったかどうか気になったのでね。会合には出たんだろう？」

「ええ、出たわ」ジェイムはぼそぼそと無愛想な声で答えた。ブレークが心配してくれたと思うとうれしくなり、ふとさっきの話をしたくなる。〝バロンのほかに僧院を買いたがっている人があるんですって。その人が買ってくれるといいわ〟と。だが、うかつにそんな話をしてはいけない。ブレークはカロラインの味方なのだ。

「何もなければいいんだ」ブレークの声もジェイムと同様そっけなかった。「じゃ、おやすみ」

ブレークのところの電話はホールに取りつけられている。ジェイムが受話器を置こうとした瞬間、ドアをたたく音が電話線を通して聞こえてきた。続いてカロラインの声がした。

「ブレーク……わたしよ。やっと手があいたの」

ジェイムは胸の悪くなる思いで受話器を置いた。カロラインとブレークはすでにただならぬ仲なのだろうか？　カロラインは昔からブレークに惹《ひ》かれていた。ブレークは？　ブレークは魅力のある女性が近寄ってくればまず断りはしない。そんなことは考えるまでもなくわかっている。

再び眠れないひと夜を過ごし、ジェイムはまたしても寝過ごしてしまった。だが、今朝は食事の支度をしてくれるブレークもいない。トースト一枚とコーヒーで朝食をすませ、牧師館へ連れていくためにさっそくファーンに着替えをさせた。それから、居間で遊んでいなさいとファーンに言い置いて、保険会社の査定係に会うための支度にかかった。

去年の夏買った直線裁ちのスカート、刺しゅうの入ったブラウス。色はどちらも落ち着いた黄色。これなら一応改まった感じがするしドレッシーすぎることもない。髪はアップにしようかしら、下げておこうかしら？　ブラッシングしながらさんざん迷ったあげく、下げることにした。サファイアのような青い目を引きたてるためにブルーのアイシャドウを軽くつけ、柔らかいピンクの口紅を塗ってメイクアップは完成。ジェイムは階下《した》へ下りてファーンを呼んだ。

メアリー・シモンズは、ジェイムの小型車《ミニ》が止まるや四歳のふたご、サイモンとマークを従えて家から出てきた。ジェイムはコーヒーも断り五分後にはいとまごいをしたが、ファーンは早くもそのとき二人の男の子をかしずかせ、女王さま気取りになっていた。

「急がなくてもいいことよ」メアリー・シモンズは、ジェイムの行き先を聞いて言った。「ファーンなら一日中ここにいたっていいんだから」

校舎の前にはすでにフォードのステーション・ワゴンが止まっていた。人は乗っていない。小型車《ミニ》から降りたジェイムは、わずかに顔をしかめて鍵《かぎ》をかけた。ここへ来るまでの間、どうもブレーキが甘いような気がした。つい最近整備に出したばかりなのに。またお金がかかってしまうけれど、あとで調べ直してもらおう。

校舎に入ると、背の高い金髪の男が近づいてきた。真っ白なハンカチが台なしになるのもおかまいなしに、手についたほこりをぬぐっている。

「わかってるんですよ」彼はジェイムの表情を見て言った。「帰ったらおふくろに怒鳴られるでしょう。これだから白いハンカチは持たせたくないんだって。初めまして、リック・ブルーワーです。ジェイムさんですね？　ビルからすてきな方だと聞いていましたが、想像以上ですよ。これにはびっくりされたでしょう？」彼は教室の中を指し示した。「無傷の備品はないんじゃないかな。ビルによれば、しばらくレッスンも休まれるとか……」

「ええ、やむを得ませんので」

「しかし、ビルに任せておかれてよかったですよ。彼は実にきちょうめんでよくやってくれますから。彼のすすめるとおりにされたんでしょう？　たしか、普通の損害保険だけじゃなくて、収入が得られなかった場合の保障も受けられるようになってますね？　ですから、この教室が使えない間の収入分はうちのほうでお支払いするわけです。帳簿を拝見できますか？　正確な金額を割り出したいのでね。それと、ここが使えるようになるまでどのくらいの日数がかかるか見積もらなくてはなりません。どうでしょう、食事でもしながらお話ししませんか?」

ジェイムはすぐに賛成し、帳簿は家に置いてあるのだと告げた。

「それでしたら、ぼくの車で出かけて帰りに帳簿をいただいていきましょう。ドーチェスターの近くにいい店があるんですよ」

リック・ブルーワーが名前をあげた《ベルフリー》は、この辺りでは有名な一流レストランだった。ジェイムは一度しか行ったことがない。あのときはヘンリーと母が一緒だった。

「実は、わたし自分の車で行きたいんですけれど」

ジェイムは手短にブレーキがおかしいこと、レストランに行く途中に車の販売店兼修理工場があることを説明した。小型車《ミニ》はそこで買い、以後ずっと修理を頼んでいるのだ。

「帰りにその工場に車を置いてきたいんです。すみませんが、あと、家まで送っていただけますか?」

「結構ですとも」

リックはその後一時間ほど中を歩き回って被害状況を調べ、ノートをとった。「幸い建物自体はやられていないようですね。しかし、万が一ということもありますから、調べておきましょう。みんながちゃんと保険をかけてくれるといいんですが、どうも世の中あなたのように用意周到な方ばかりではないので困ります」

彼が眉をひそめたので、ジェイムは気になってたずねてみた。「どこか心配なところでもあるんですか?」

「ええ、こういう話をするのはいけないかもしれませんが、僧院の火災保険が先月で切れたままになってるんですよ。あのくらいの古い建物になるとかけ金も高いので、かけたくない気持もわかるんですが、やはり保険に入らないというのは無謀じゃないでしょうかね」

町を出たのはちょうど十二時だった。ジェイムはリックの車のあとに続き、《ベルフリー》をめざした。

駐車場はほぼ満車の状態だった。リックは、初めからジェイムを誘うつもりで予約しておいたのだという。「ここは評判がいいので、いきなり来てもまずあいてないんですよ」

店の奥へ進みながら、ジェイムはきちんとした格好をしてきてよかった、と思った。お客はいい身なりの人ばかりだ。多くは年配の夫婦で、中に地味な背広姿のビジネスマンがまざっている。二組ほど農家の人がいるが、シャツのボタンをきっちりかけ、ツイードのジャケットをはおって、見るからに窮屈そうだ。

案内された席に着こうとしたとき、反対側の壁際にいる三人のお客が目に入った。ブレークとカロライン。もう一人は見たことのない人物。

「ほう……」ジェイムの視線を追ったリックがつぶやいた。「ガイ・バロンが来ているようですね。だけど、あとの二人は知らないな」

「どうやら、ガイ・バロンにいい印象をお持ちではないようですね」ジェイムは故意に二人の同席者の話を避けた。リックがどう答えようと、そんなことはどうでもいい。今目にした光景に胸が痛む。ただリックと話をしてその苦痛をまぎらしたい。ブレークがカロラインやガイ・バロンと一緒に食事に来ている……疑惑はいよいよ本物の様相を呈してきた。ブレークは信用できると直感したのだが、やはりあの勘は外れていたのだろうか？　恋に落ちた女の勘は当てにならないという。相手の男が何をしようと、正当化してしまうから。ブレークに対して働いた勘は、きっとその一例なのだ。

「そりゃそうですよ。見事にやられたことがあるんですから。実はあの男が私用という名目で買った古い農家があったんですが、それが火事で焼けたんです。ところが一年後に彼は市会議員をうまく口説いて、その土地に分譲建て売り住宅を建てる許可を取りつけてしまいました。結局、バロンはその住宅で大もうけをした上に、火災保険もがっぽり取って万万歳ですよ。計画的だったんじゃないかと我々は疑っていますが、証拠はつかめません。バロンは相当にあくどい男ですからね。法を悪用するくらいなんとも思っちゃいませんし、人を雇って悪事を働かさせるのだって平気です」

食事はすばらしかったが、とてもゆっくり味わってなどいられなかった。向こう側にいるブレークが絶えず気になり、料理どころではなかったのだ。

リック・ブルーワーに話しかけられても愛想のいい返事もできない。彼が感じのいい人だけに、申しわけない気持になってしまう。レストランを出たときはほっとしたが、それもつかの間だった。ブレークの一行もほぼ同時に駐車場に出てきたのだ。彼らはジェイムから五メートルと離れていないところで立ち止まった。目を上げたブレークはジェイムを見てから冷たくリックを一瞥《いちべつ》し、連れの二人のほうに向き直った。ジェイムに気づいたらしい様子はみじんも示さない。おかしなことに、その態度はひどくジェイムを傷つけた。ブレークはガイ・バロンと握手を交わし、カロラインをともなってフェラーリのほうへ足を運んだ。

家へ戻る道のりも半分を過ぎた辺りで、バックミラーに小さくフェラーリの見慣れた姿が映った。ブレークとカロラインはどこかへ寄り道していたのだろう。黒い車は次第に距離を縮めてくる。

ブレーキが心配なので、ジェイムは車をのろのろ走らせた。前を行くリック・ブルーワーも、それに合わせてスピードを上げない。ブレークはじきに追い越していくだろう。道はまっすぐで広いので、追い越しのチャンスはいくらでもある。だが、なぜか彼はおとなしく後ろからついてくる。修理工場まではもう一キロ半もない。やれやれ、と胸の中で安堵《あんど》のため息をつく。よほど運転に自信があるのならともかく、調子の悪い車を走らせるのはとても怖くて神経が疲れる。後ろにいるのがブレークでよかった。彼はたいていのドライバーよりも車間距離を取ってついてくる。何度かちらちらとバックミラーをのぞき、ジェイムは黒いボンネットを確認して胸をなで下ろした。

突然、リックが大きくハンドルを切った。無神経に道端に止まっている車があったのだ。ジェイムも彼にならってその車をよけようとした。ところが、ちょうどそのとき止まっている車の後部ドアがあき、小さな子供が飛び出してきた。

考える暇はない。とにかく反射的に力いっぱいブレーキを踏んだ。が、きかない！　ブレーキがきかないのだ！　車はまっすぐにあいたドアと子供めがけて突き進んでいく。

道路の反対側には低い生け垣があってその向こうはあき地になっている。ジェイムはとっさに急ハンドルを切った。きいいっ！　とタイヤがすさまじい音をたてる。ついで体がぐらりと揺れ、生け垣がぐんぐん目の前に迫ってきた。どうか垣根をよけられますように！　と必死でハンドルにしがみつく。だが、実際は生け垣の手前に溝があったのだ。草に隠れていて見えないがかなり深い溝で、前輪が不意にどんと落ち込んだ。当然体は前のめりになり、胸がハンドルに当たって息が止まりそうな衝撃を受けた。シートベルトが苦しいほど体に食い込み、手はハンドルからすべり落ち……車は止まった。

「どうしたんだ、いったい？」

耳になじみのある声がする。でも、誰の声だかわからない。すぐそばでは子供の泣き声

——かん高い、きいきいした声。ファーン？　……違う。ファーンの声ではない。

「ジェイム、大丈夫か？　脚を動かしてごらん」ブレークの声だ。

「ブレーク」ジェイムは自分が何をしているのかまったくわからなかった。彼の名を口にしたと知ったのは、別の男の声を聞いたときだった。

「気がついたみたいですよ」その声はさもほっとしたと言いたげだった。

「骨折もしていないらしい。ぼくが連れて帰ります。医者にみせなくては——脳しんとうを起こしたようですから」

「どうしてこんなことになったのかしら？」

不機嫌なカロラインの声が聞こえる。彼女のふくれっ面が目に見えるようだ。

「ハンドルも切れない人が運転するなんてどうかしてるわ」

「ブレーキの具合が悪いとか言ってましたよ。帰りに修理に出すはずだったんです」

もう一人の男が誰か、ようやく思い出した。保険会社のリック・ブルーワーだ。ジェイムは起き上がって車に異常があったことを伝えようとした。しかし、誰かが体をおさえてそれを止めた。

「動いちゃだめだ。じっとしていなさい」

そっと目をあけたとたん、自分の見苦しい姿に気がついて恥ずかしくなった。なんという格好！　草深い道端にごろんと横たわっているのだ。小型車《ミニ》は生け垣に突っ込み、めちゃめちゃになっている。溝に落ちたときの恐ろしい瞬間——あのショック——。ぞっと寒けがすると同時に、胸にずきんと激しい痛みを感じた。

「法規どおりシートベルトをしていてよかったな。そうでなかったらとんでもないことになるところだった」ブレークが渋い顔をして言った。「とにかくぼくの車で家へ行こう。医者を呼ぶよ」

ちらりと横目で見ると、口をとがらしているカロラインの顔が見えた。リック・ブルーワーも途方に暮れた表情を浮かべている。だが、ブレークに「ジェイムはぼくの家内なんです。ご心配をおかけしてすみません」と言われて納得したようだった。

「それじゃ、ぼくの車でお送りしましょう」リックはカロラインに話しかけた。「途中、修理工場に寄ってあとの処理を頼んでいきます。この車を牽引《けんいん》していってもらって……」と、保険会社の社員らしく真剣な顔で続ける。「ブレーキを調べてもらいましょう」

「車はそのままにしておいてください」ブレークはぶっきらぼうに答えた。「あとのことは全部ぼくがやりますから」

ジェイムは、リックに頼むと言おうとした。けれど頭がずきずきし、吐きけがして口がきけなかった。ブレークにあの車を任せたくない。彼も、誰かが細工したのだとうすうす勘づいているのではないだろうか？　きっと、それで証拠隠滅をはかりたいのだ。カロラインとバロンのために。もしかしたら、もっと悪いことにブレーク自身が今度の計画に加わっていたのかもしれない。彼らは命にかかわる事故を起こそうとまでは考えていなかった。それは間違いない。ただ、脅したかっただけなのだ。あそこで急ブレーキを踏むような事態さえ生じていなければ、そのもくろみは成功していただろう。最悪の場合でも、修理工場に入ろうとして道を横切るときにハンドルを切りそこねる程度だから。あの工場には買収された整備士がいるに違いない。その整備士が小型車《ミニ》のブレーキに細工をしておいたのだ。さらに今度はその同じ人物が修理をする。結局悪だくみは闇《やみ》に葬られ、ジェイムは僧院を守る会脱退に一歩近づくというわけだ。チャールズを懐柔するためには何を計画したのだろう？　バロンの会社で高給を出して雇うとでも持ちかける気なのだろうか？

「じっとしておいで。そっと運んであげるから大丈夫だよ」

　ブレークは精いっぱいやさしく扱ってくれようとしている。それはよくわかっているが、彼とは一緒に帰りたくない。二人きりになるのが怖い。といっても、彼に傷つけられそうで怖いのではない。気が弱くなっているために、胸の中にあることをしゃべってしまいそうで不安なのだ。だが、断る前に鋭い痛みが体を貫き、意識が薄れてあらゆるものが真っ黒な雲の向こうへ消えていった。

7

「特に異状はありません。ただ、脳しんとうを起こすといけませんから、目を離さないようにしていてください。症状が出ればわかりますね？」

フィリップス医師の顔がぼんやりと目に映る。部屋には見覚えがない。医師は打撲傷を調べながら、誰か部屋の隅にいる人に話しかけている。「この程度ですんだのは、まあ不幸中の幸いでしたな」

「本当にそうです」

あのきびきびした声は……ジェイムは起き上がろうともがいた。

「ファーン」突然娘のことが頭に浮かんだ。「シモンズさんのところにファーンを預けてあるの。迎えに行かなくちゃ」

「外出はいけません。少なくとも明日かあさってまでは」フィリップス医師はジェイムの心配をよそに、のんきそうに言った。

「ジェイム、ファーンのことなら心配いらないよ。ぼくが迎えに行って連れてくるから」

ブレークが口をはさんだ。

「ここ、どこ?」ジェイムはずきずきする頭を上げ、寝室を見回した。今寝かされているのは、寝室の大部分を占めている大きなダブルベッド。カーテンのかかった窓の向かい側には、古びた衣装だんすが置かれている。とびらがあいているので、中にかけられた男物の衣類が見える。たんすと対になっている化粧台には、男性用化粧品がいくつか……。

「あなたの部屋なのね!」ジェイムは薄暗い隅のほうに立っているブレークに向かって言った。「なぜここへ連れてきたの? うちへ帰りたいわ」

「いいじゃありませんか、ジェイムさん」フィリップス医師がなだめた。「ブレークがここにあなたを運ぶのは当然ですよ。あの家にいたら誰があなたとファーンの世話をするんです? さあ、少し安静にしていてください。眠れるように注射をしておきますから

……」

「車は?」ジェイムはあきらめて弱々しくたずねた。医師とブレークの二人でかかってこられては、とてもたち打ちできない。

「もう気をもむのはやめなさい」ブレークの厳しい声が飛んだ。「車は工場へ運んだよ。ぼくが使っているところだ。よく点検するように言ってある」

「だめよ!」大声で叫ぼうとしたがすでに注射がきき始め、ジェイムの声は小さなつぶやきとなって消えてしまった。ブレークが使っている工場へなど車を出したくない。どこか、

信用できるところで調べてもらいたかったのに……。絶望感から、涙が頬を伝った。心配そうに見守っているブレーク。彼を信用できたらどんなにいいだろう!

「起きて、ママ、朝のお食事持ってきたのよ!」

ジェイムはしぶしぶ目をあけた。窓の位置が違う。どうしたのだろう? そこではっと思い出した。ここはブレークの部屋だ。ファーンが興奮した面持ちで入口に立っている。顔もきれいに洗えているし、髪もきちんとブラシをかけたらしい。淡いピンクのズボンも、同じピンクのTシャツも、身づくろいは上手にできている。

「あたし、自分でお洋服着たの」ファーンはもったいぶって告げた。ジェイムの考えていることが読めたかのように。だが、自分一人がほめられては気が引けるのか、すぐに言い足した。「パパがちょっとだけ着せてくれたけど。ゆうべ、パパ、とっても面白いお話してくれたの――パパの作ったお話。あたし、ひとりでベッドに入ったのよ。あのベッド好き。今日はね、またふたごの男の子と遊ぶの。パパが連れていってくれるって。ママのお食事がすんだら。ママはお食事しないと、か、かい……」

「回復しないからね」お盆を手にしたブレークがいつの間にかあけ放った入口に立っていた。

「グレープフルーツ、スクランブルエッグ、トーストにコーヒー。これが奥さまのお好みだったと思うけど?」

ジェイムは涙を見せまいとして顔をそむけた。日曜日の朝、ブレークはいつもこういう朝食を作ってくれたものだった。もっとも、彼が日曜日に家にいるのはまれだったが。

「わたし、起きて着替えるわ。家へ帰らなくちゃ。ファーンと二人ですっかりご迷惑かけちゃって……。ここへ連れてきてくださることはなかったのに」

「ここでなかったら、どこへ連れていけばいいんだ?」ブレークは怖い顔をして詰め寄った。「トムソンのところか?」そこでジェイムの表情をうかがい、言葉を継いだ。「ぼくたちは夫婦なんだよ、ジェイム。忘れたわけじゃないだろうね? フィリップス先生の許可が出るまで、ここにいなさい」

「そうはいかないわ」ジェイムはおぼつかない手でベッドカバーをはねのけ、床に足を下ろした。

ところが、立ち上がろうとしてみると足がまったく言うことを聞かない。まるで綿菓子みたいにふにゃふにゃで、全然力が入らないのだ。ブレークがすぐにお盆を置いて抱きかかえてくれたからよかったようなものの、そうでなかったら倒れてしまうところだった。

「わかっただろう? ここにじっとしているしかないんだよ。何をそんなに怖がってるんだ、ジェイム? ゴシップ種になるのがいやなのかい? ゴシップがなんだ! ぼくたちは正式な夫婦じゃないか! 第一、身を守るためにはここにいるしかないだろう?」

ジェイムははっと息をのんだ。ブレークはジェイムの身が危険だということを認めたのだ。体が痛む。フィリップス医師の痛み止めが切れたのだろう。

「身を守るって、何から守るの?」本当のことを聞き出せるかと期待して問い詰めてみたが、ブレークはただそっとジェイムをベッドに寝かせ、カバーを引き上げて体をくるんだ。すがすがしくて温かい彼の息が頬をなで、こめかみのおくれ毛を震わせる。それを意識しているうちに、脈がぴくぴくと打ち始めた。

「もっと枕《まくら》が高いほうがいいかな?」ブレークは細心の注意を払ってジェイムの体を起こし、枕を積み重ねて背をもたせかけた。ほかのときにこれほどやさしくされたら、わたしをしっかり抱いていて、と言って泣きだしてしまったかもしれない。

「これ、パパのベッドよ」ファーンがベッドによじのぼってきてジェイムの横に座った。

「サイモンとマークのママとパパは同じベッドで寝るわ」

ジェイムは目を上げるに上げられなかった。ブレークの視線を痛いほど感じる。

「いいね、サイモンとマークのパパは」ブレークがぽつりと言った。

「パパもこのベッドでママと寝ればいいのに」ブレークの悪ふざけが通じないファーンは、屈託なくしゃべり続けた。

だが、ジェイムには通じないどころではない。たちまち顔が熱くなった。その上、そばにお盆を置いたブレークをちらっと見ると、緑色の目には熱っぽい光が躍っていた。胸が同じなのだ。

どうしようもなく高鳴る。いく夜彼と燃えるひとときを過ごしたことか！　彼は今もジェイムを求めている。とはいえ、おそらくそれはほかの多くの女性に対していだいた気持と
「ママがこのベッドで一緒に寝たいって言うならそうするよ」ブレークはファーンに答え、ジェイムの顔を見てにやりとした。何も知らないファーンを利用して人を困らせるなんて！　ジェイムはきゅっと口を結んだ。「どうだい、ママ？」ブレークはジェイムのこめかみの辺りに口を寄せてささやいた。

「パパと一緒のベッドで寝れば、ママきっと夜中に泣いたりしないわ」

無邪気なファーンは、大人二人が自分の言葉をどう受けとめるか知るよしもない。ジェイムは、ファーンに泣き声を聞かれているなどとは夢にも思わなかった。もっとも、自分自身泣いているのに気づかず、目が覚めてみたら涙で頬がぬれているということも何度かあった。知らぬ間にファーンに聞かれていたとしても不思議はない。

「何を言ってるの、ファーン」ジェイムは思わず口走った。ファーンは小さな顔を不安そうに曇らしている。「勝手な想像をしちゃいけないわ」しかし、さすがに娘の顔を見てはいられなかった。勝手な想像ではないとわかっていたから……。

「ファーン、郵便屋さんが来たみたいだから、階下《した》へ行って何を持ってきたか見てごらん」ブレークはジェイムの青白い顔を見つめたまま言った。ファーンが出ていくと、彼は

穏やかにたずねた。「夜中に泣いてるって、本当なのかい、ジェイム？」

「まさか。そんなはずないでしょ！」声がうわずっている。嘘《うそ》だと見抜かれてしまうだろうか？「今言ったとおり、ファーンは勝手な想像をして……」

「ぼくの印象では、あの子はびっくりするくらい現実的だがな。どうしたんだ？　おなかがすかないのかい？」

つい今しがたまで空腹だったのに、急に食欲がなくなってしまった。

「ブレーク、わたしの車のことだけど……」

ジェイムは話題を変えようと、車の話を持ち出した。試みは成功したらしく、ブレークはベッドから離れて窓にもたれかかった。陽光を背に受けた体は、くっきりと力強い線を見せている。

「あんな車を運転するなんて、自殺行為だよ」彼は真剣な顔をして言った。「ブレーキがすっかりだめになっていた。いつ整備に出したんだい？」

彼は本当に真相を知らないのか、それともたいへんな役者なのか——悲しいことに、その点を追及するのが怖い。もし、彼が黒とわかったらどうしよう？　結局、ジェイムは最近整備に出したことを伏せておいた。

「さあ、家へは帰らないって約束するね？　少なくともお母さんが留守の間は」

彼の言葉に従ったとして、これ以上失うものがあるだろうか？　心？　心はすでにブレークのものになってしまっている。プライド？　プライドだってもうずたずただ。おとなしく彼のそばにいよう。家にいるより安全なだけでもいいではないか。

「ファーンを牧師館に預けたら、ぼくはドーチェスターへ行ってくるよ」

ブレークはなんのためにとも言わず、ジェイムもことさらたずねもしなかった。

「夕方までには帰るからね。フィリップス先生は、起きられるなら階下に下りてもいいと言っていた。だが、それ以上のことをしちゃだめだよ」

何もできなくても、ブレークのベッドで寝ているよりはいい。気のせいかもしれないが、ベッドにはまだほのかに彼のにおいが残っている。一日中ここでかつての結婚生活を思い出しているなんて、とても耐えられない。

「起きたいわ」

「バスルームは向かいだ。抱いていってあげようか？」

ブレークが体を起こし、向かってくるのを見て、ジェイムはこちこちになった。

「い、いいの……一人で行けるわ」

ほっとしたことに、ブレークは無理強いしなかった。ジェイムは歯を食いしばって痛みをこらえ、どうにかバスルームにたどり着いた。温かいシャワーはいくらか痛みをいやしてくれたが、豊かに泡だつ石けんは妙にブレークを身近に思い起こさせる。どうしてこう彼の体を思い浮かべてしまうのだろう、と自分自身に腹が立つ。

「ジェイム、大丈夫かい?」

いきなり浴室のドアがあいた。ジェイムは声をあげる間もなく、その場に立ちすくんでしまった。ブレークの驚いたような目が、おおうものもないジェイムの体を見回す。

先に我に返ったのはブレークのほうだった。今までの驚きの表情に代わり、ジェイムの素肌に魅せられた熱い光がその目に躍った。シャワーにぬれたジェイムの体も、それに応《こた》えてかっと熱くなる。

ブレークは低く何やらつぶやいた。二人を包んでいた静寂は破れ、ジェイムは夢から覚めたように自分の姿に気がついた。なんということだろう! 裸のままシャワーの下に突っ立っているなんて! あわててタオルをつかみ、震える手で体に巻きつけた。胸がどきどきし、息が苦しい。

「心配しなくたっていいよ」ブレークの緑色の目が再びジェイムの体を見下ろした。ただし、今度はさめた目で——少なくともジェイムの見る限りでは、特別な感情はこもっていなかった。「きみを取って食おうってわけじゃない。気を失ってるといけないと思ったんだ。フィリップス先生から、脳しんとうを起こすかもしれないから目を離すな、って言われてるのでね」

「そう? 忠実なのね。ずっと目を離さなかったもの」ジェイムは燃える思いを隠そうとして怒った口をきいた。「先生はどこから目を離すなっておっしゃったの?」

ブレークは一歩足を踏み出した。彼の腕が迫ってくる——今にもあの広い胸に押し当てられそう。ジェイムの心臓は激しく鳴り始めた。口の中がからからで声も出ない。

「パパ、まだお出かけしないの？」

ブレークは伸ばしかけた手を下ろした。

「今行くよ」彼は振り返って答え、ジェイムのほうに向き直った。「救われたね」それから目を細めて声を落とし、つけ加えた。「うれしいだろ？」

ジェイムは一人で階下へ下りると言ったが、ブレークは耳を貸さなかった。彼はジェイムを抱き上げて書斎へ連れていき、電話のそばに座らせた。電話は彼がホールから運び込んだのだ。さらに、ブレークは朝食も作り直してくれ、ジェイムが食べ終わるまでかたわらで待っていた。食事がすむと魔法びんに入ったコーヒーとさまざまな本をジェイムの前に置き、出がけに命令口調で言った。

「さあ、ここから動くんじゃないよ。一歩もだ」

フェラーリに向かいながら、ファーンがはしゃいでしゃべっている。なんだか妙に寂しい。一人だけのけものにされた感じ。まさか娘に嫉妬《しっと》心をかきたてられるわけではないだろうに。

三十分とたたないうちに、ジェイムはブレークの言いつけを破った。彼が置いていってくれた本はどれも読む気がしない。本棚には彼の第二作とおぼしき本が入っている。処女作は彼の筆になるものと知らずに読んだが、次の作品はまだ読んでいない。ペーパーバックで出ていないからだ。体はこわばってうまく動かないが、どうにかもぞもぞと椅子から立ち上がり本棚へたどり着いた。三十分後、ジェイムはすっかりブレークの小説に夢中になり、体の痛みも忘れて読みふけっていた。

舞台は中央アメリカ。明らかに彼のエル・サルバドルでの経験がもとになっているのだ。戦う農民の気持が実に見事に描かれていて、切々と胸を打つ。今までいくつも中米問題を取り上げた新聞記事を読んだが、これほどまざまざと現状を見せつけられたことはない。ヒロインは若く純真なアメリカの女性記者で、〝アメリカ合衆国向け人間ドキュメント〟を取材しろと言われて中央アメリカに来ている。このヒロインの描写がまたすばらしく、誰をモデルにしたのだろう、とねたましさを感じてしまう。どう考えてもジェイムではない。ヒロインのような勇気と知性は少しも持ち合わせていないのだから。彼女とゲリラ隊長との恋物語には胸が痛くなった。生まれ育った環境がまったく違う男への恋と、自らの任務との板ばさみ——その苦しさがわがことのように伝わってくる。最後に二人が伏兵の手にかかって命を落とすところまでくると、涙で目頭が熱くなった。二人のラブシーンのなんときれいなこと！　まさに一篇の美しい詩だった。ブレークにこんな豊かな感受性があるとは信じられない。泉のようにわき上がり紙上に流れるこの感覚は、彼のどこに潜んでいるのだろう？

本を読み終えてから、ジェイムはしばらくうとうととまどろんだ。シモンズ夫人が見舞いの電話をかけてきて、ファーンならいつでも大歓迎だから心配しないように、と言ってくれた。

「でも、本当によかったわ。あなたがブレークと……もとどおりになれて。お母さまもずっとそうなるのを待ってらしたんですもの」ジェイムとブレークの結婚式は、シモンズ牧師補夫妻によって取りおこなわれたのだった。

母が？　そんな話は初耳だ。シモンズ夫人の想像ではないだろうか？　電話を切ったあとにはいら立ちが残った。シモンズ夫人は二人が和解したと思っている。ブレークがわざとそうした印象を与えたわけではないが、困るのは彼がいなくなったときだ。どう説明すればいいのだろう？　和解しようとしたけれど結局うまくいかなかった、とでも？　和解が現実ならばどれほどうれしいか……。その気持は誰にもわかってもらえない。

いつの間にか再び眠りに落ちていたらしく、カロラインの声で目が覚めた。ブレークの名を呼んでいる。彼女は書斎へ飛び込んできて、ジェイムの姿を見るとびっくりして立ち止まった。

「ブレークは？」

いつものカロラインに似合わずお化粧もそこそこで、顔が異常にほてっている。

「あいにく出かけてるわ。ドーチェスターへ。ねえ、カロライン……」ジェイムは突然意を決し、深く息を吸い込んだ。「あなたとバロンの仕組んだ脅しのこと、わたし警察に言ったわよ。スタジオの事件も、今度のブレーキの故障も、誰が後ろについているのかちゃんとわかってるんだから」

カロラインは笑い飛ばしたが、赤らんだ頬から推して無理をしているのは一目瞭然《りょうぜん》だった。

「結構よ、本当なんだから。でも、警察でしゃべったらそのうち後悔するわよ、ジェイム。糸をたぐっていけば、ブレークに行き着くんですもの」カロラインはジェイムの引きつった表情を見て勝ち誇ったように笑った。「ブレークは最初から一枚かんでるの。わたしの考え方に賛成なのよ。僧院はわたしのものなんだから、誰だってわたしが売りたいと思う相手に売るのが当然だわ。お金も必要だし」

「ブレークが賛成したなんて……」

「賛成したどころじゃないわ！　彼の考えなのよ。ジェイム、あなた今でもブレークが好きなんでしょ？　わかってるわ」

ジェイムはめまいがした。こんな話を聞かせるなんて残酷だ。ブレークのたくらみだったとは信じられない。信じたくない。しかし、カロラインの口ぶりからは嘘の片鱗《へんりん》もうかがえなかった。

「もう一度警察へ行って、間違いでしたって言うほうがいいんじゃない？　ブレークを追い詰めたくないのなら。ガイ・バロンはとっても気前のいい人なのよ。ブレークもわたしも……」

ブレークはバロンからお金を受け取っているのだろうか? まさか! そんなはずはない。ジェイムは言い返そうとしたが、墨のように真っ黒なものが頭からおおいかぶさってきた。

「ジェイム、わたし大至急ブレークに会いたいの」カロラインの声が聞こえる。「帰ってきたらそう伝えてちょうだい。ジェイム……」

カロラインの手が頭をおさえて黒い海の中へ突っ込もうとしている。その手を払いのけると、地面がぐらっと前に傾き、黒い水がひたひたとまわりに押し寄せた。苦しい。息が詰まりそう……。

耳元でけたたましく電話が鳴っている。ジェイムは意識を取り戻し、机に寄りかかって機械的に受話器を取った。

「ジェイム?」

不安にかられたシモンズ夫人の声。〝冷たい手が心臓をつかむ〟という表現があるが、今初めてその感じがわかった。何か、形容もできない恐ろしいものが胸にのしかかり、心臓を凍りつかせる。

「ジェイム、ファーンが……ファーンが……」シモンズ夫人は泣きそうな声を出した。「いないの。見つからないのよ。つい今しがたまでうちの子たちと庭で遊んでいたんだけど……急にいなくなっちゃったの。警察にも知らせたわ。ブレークは……？」

「いないんです」ジェイムはかすれた声でやっと答えた。ブレークは何をしているのだろう？　いてほしいときにいないなんて……ファーンがたいへんだというのに知らないなんて……。胸はますます苦しくなる。ブレークが出かけたのは、単なる偶然だろうか？　もしかしたら、すべて仕組まれたことで……いいえ、そんなばかな！　彼はファーンの父親ではないか！

シモンズ夫人が電話を切るや、ジェイムはおぼつかない指でカロラインの番号を回した。案の定、答えはない。電話帳はどこだろう？　ふらつく足を踏み締めて電話帳をさがし、Bの項目を引く。しかし、バロンの名前は出ていなかった。どうしよう？　ファーンはどこ？　ブレークは？

一人で残されている心細さと動き回れないもどかしさにさいなまれて三十分――やっとブレークの車の音が聞こえた。ファーンはどこへ連れていかれたのだろう？　ガイ・バロンの差し金で誘拐されたのはほぼ間違いない。以前、すでに彼の手下に脅されているのだから。

「ブレーク……」ジェイムは彼が書斎に入ってくるのが待ち切れず、ヒステリックにドアに飛びついた。青ざめて震えながら力いっぱいノブを回してドアをあけると、目の前に暗い顔をしたブレークが何かかかえて立っていた。

「心配しなくていい。ファーンは大丈夫だ。疲れてるだけだよ」彼はジェイムのききたいことを察して先回りした。「ふたごとけんかして、一人で家に帰ろうと思ったらしいんだ。それで道に迷ったんだよ。警官が来て警察犬に追わせたところ、すぐに見つかった」

「ママ……」ブレークのかかえているものがもぞもぞと動き、毛布の間からファーンの青白い小さな顔がのぞいた。「あたし、お散歩してたら知らないところへ行っちゃったの。そしたら、大きいわんわんが来てお顔なめてくれたわ。ねえ、ママ、わんわん飼っちゃいけない?」

泣いたらいいのか笑ったらいいのか——今はただなんでもファーンの望みどおりにしてあげたい。だが、ブレークが口をはさんだ。

「よく考えてごらん、ファーン。一人で出ていっちゃいけないって言われているのに勝手に出歩くような子は、犬を飼わせてはもらえないんだよ」

そうだ。今ファーンに示すべきなのは、こういうきっぱりした態度なのだ。ジェイム自身は感情に引きずられて適切な処置がとれなかった。反対に、ファーンは少しも動揺していない。だが、感受性豊かな子供であるのも事実だ。こういうときに下手に甘やかしたりして、母親の感情的なところを受け継がせてはいけない。

「まっすぐベッドに入るんだぞ」ブレークのきびきびした声が続く。「階上《うえ》へ行ってから食べるものを持っていってあげるからね」

「ママ、ご本読んで」ファーンはいくらかぐったりしていた。「わんわんが出てくるお話」

二人について二階へ行こうとしても、足が思うように動かない。ブレークは再び命令口調で言った。「ここで待っていなさい。すぐ戻ってくるよ」

五分ほどでブレークは戻ってきた。その五分の間に、ジェイムは心の中で何度も繰り返した。夢じゃないのよ。ファーンは無事だったわ。元気に帰ってきたのよ。

「牧師館から電話すればよかったんだが、早くファーンを連れて帰りたくてね。きみの気持はわかるよ。シモンズさんも黙っていればいいのに……」

「黙ってる？　娘がいなくなってもわたしには黙ってるの？」ジェイムは憤りの目で彼をにらんだ。「それじゃ、あの奥さんは誰に言えばいいのよ？　ファーンの父親？　家にいもしない……」それ以上言葉が続かなかった。涙がこみ上げ、胸がいっぱいになって声が出ない。ブレークの腕がやさしくジェイムを抱き寄せ、肩でしっかりと頭を支えてくれる。

「いいよ。遠慮はいらない」彼はファーンの年ごろの子供をあやすように、ジェイムの体を前後に揺すった。「思いきり泣きなさい。かわいそうに。気をもんでいたんだろう？　牧師館へ行って何があったか聞いただけで、きみの気持は察しがついたよ」

〝あなたはわたしの気持なんかわかってないわ〟ジェイムは心の中でつぶやいた。ファーンが誘拐されたと思っていたことや、ブレークがそれに関係しているのではないかと疑っていたことなど、彼は何も知らないのだ。

「さ、階上へ連れていってあげよう。そうしたら、ファーンに何か食べさせなくちゃいけない。子供って面白いな。開口一番なんて言ったと思う？　〝パパおなかすいた〟だってさ」

ブレークはジェイムを抱き上げ、穏やかに、なだめるように話しかけながら二階へ上った。その声はずたずたになった神経をいやしてくれる。おかげでヒステリックになっていたジェイムも、ファーンのいる部屋に着いたときには心がなごみ、弱々しくではあるが娘に笑いかけるゆとりができていた。

ベッドに入って毛布にくるまると、ファーンはすぐにぐっすりと眠り込んだ。だが、ジェイムはなかなかそのそばを離れられなかった。

「きみの部屋へ行こう。そのあとで何か食べるものを持ってくるよ」

「おなかがすかないの。全然食べられそうもないわ」

「食べなくちゃだめだ。このところきみは少しやせすぎだよ。さっきもぼくの言うことを聞かなかったね。ぼくの本を読んだだろう？　書斎の床に落ちてた。あまり感激しなかった証拠だな」

「違うわ……すごくよかったわ。特にヒロインがすてき」ジェイムは恥ずかしそうに言った。「誰をモデルにしたの？　それとも、完全に架空の人物？」

「あのヘレンみたいに勇気と知性のある女性っていえば、ぼくには一人しか思い浮かばない」

ブレークはそれが誰だとは言わなかった。別れて暮らしている間、彼には好きな人がいたのだろうか？　わたしを愛したことのない彼も、その人には愛をささげたのだろう。彼女のほうもブレークを愛していたのに違いない。彼に愛されて愛を返さない女性はまずいないだろうから。

「そうだわ。カロラインが来たからあの本を落としたのよ」

「カロラインが来た？」ブレークの目が鋭い光を帯びた。「なんの用かきいたかい？」

「あなたに会いたいって――急ぐんだって言ってたわ。ごめんなさい。ファーンのことがあったもので、すっかり忘れちゃってたの」

「ちょっと行ってくるよ」

ブレークはぴしりと言うなりせかせかと出かけていった。カロラインのどこがよくてあんなに急いでかけつけるのだろう？

精神的な疲労が大きすぎたのか、一人になっても眠れそうもない。ファーンのことが気になる。どうにもじっとしていられないので、痛む足を引きずって自分の部屋を出てファーンの寝室へ行った。ブレークがベッドわきに置いていった椅子が一つ。その椅子に体を沈め、じっとファーンの寝顔を見守る。

無事でよかった。ファーンにもしものことがあったら……。次第に緊張がゆるんでいく。部屋に戻るべきなのはわかっているが、今はただここにいたい。じわじわと眠けが全身を包み、ジェイムはいつしか目を閉じて安らかな寝息をたてていた。

8

誰かが肩に手を触れている。ジェイムは体をこわばらせた。悪夢が現実になったのだ。例の男たちがファーンを誘拐しようと押し入ったのに違いない。起き上がろうとすると、足に刺すような痛みが走った。

「ジェイム、そのままにしてなさい。今ベッドへ連れていってあげるから」

ブレーク！　やっと目が覚めてことの成り行きを思い出した。ファーンと一緒にブレークのところへ来ていて、ファーンのベッドのそばで眠り込んでしまったのだ。

冷えた夜気が薄いガウンを通して肌にしみる。思わず身震いするジェイムを、ブレークの腕がいっそう強く抱きかかえた。

「震えてるじゃないか」彼の声は妙にかすれていた。

「寒いの」体は依然としてこわばったままだ。ベッドに下ろされたときはあちこちが痛み、筋肉が突っ張っていた。

「どこか痛い？　抱き方が悪かったかな？」

慣れた部屋なので、ブレークは明かりをつけなかった。窓からは柔らかな月の光が差し込み、彼の顔をほのかに照らし出している。髪が乱れ、いつになくやつれた顔……。「なんともないわ。体がこちこちなだけよ」ジェイムはなんとか彼を引きとめておきたくて何も考えずに話しかけた。「カロラインに会ったの？」

ブレークはつといやな顔をした。どうやら、立ち入ったことをきいてしまったらしい。しまったと思ったが、もうあとの祭りだった。

「会ったよ」ブレークは言葉少なに答えた。「筋肉痛にきく薬を持ってきてあげよう。つったりするといけないから」

なんとか口実をつけて逃げ出したいんだわ。ジェイムは悲しくなって目を閉じた。だが、足音が耳に入るとまぶたは機械的に開いた。ブレークが、磨き込んだ木の床を踏み締めて戻ってくる。

「なあに、それ？」ジェイムはいぶかしげにたずねた。ブレークは小さなびんを持っている。「馬用のマッサージ薬じゃないの？」

ブレークは笑い声をあげた。温かく、飾りけのない笑い声。どれほどこの声を聞きたかったか……。

「違うよ。去年こむら返りを起こしたときに買ったんだ。すり込まなくちゃいけないから、ぼくがやってあげる」

〝彼はかわいそうだと思って、いたわってくれるだけよ〟ジェイムは自分に言い聞かせた。ブレークの手はなめらかに肌をすべり、こわばった筋肉をほぐしてくれる。しかし、彼がネグリジェのすそを引き上げてやさしく腿をこすり始めたときは、緊張せざるを得なかった。〝やめて〟と言わなくてはいけない。このまま黙っていたら、自分を見失ってしまいそう。すでに彼の存在ばかりが気になり、手を差しのべてその背をなで下ろしたい。彼の体を肌に感じ、しっかり抱き締められて再び愛のいとなみに身を任せ……。

「少しはよくなった？」

ブレークの手が離れた。望みを断たれたような寂しさが襲う。わたしは何を期待していたのだろう？　器用に痛みをいやしてくれる手が、熱い愛撫《あいぶ》の手に変わるのを待っていたのだろうか？

「ええ、ええ……だいぶいいわ」ジェイムは冷たいダブルベッドにもぐり込み、カバーにしっかりとくるまった。ブレークの足音が遠ざかっていく。彼が出ていくところを見たくない。子供っぽくも、思わずぎゅっと目をつぶって枕《まくら》に顔をうずめてしまった。

眠ろうとしても眠れぬまま横たわっていると、ブレークが動き回っている気配を感じる。やがて浴室に入っていく足音、続いてシャワーの水音。苦しいほどに彼の体がまぶたに浮かぶ。その幻影を締め出そうと夢中になっていて何も知らなかったが、ふと目を上げると彼がベッドの足元に立っていた。腰にタオルを巻きつけ、力強い体に月光を浴びて。

「そっちへ寄って」ブレークはさりげなく言った。ここでわたしと一緒に寝る気？　とジェイムは詰め寄ろうとしたが、ブレークに先を越されてしまった。「つべこべ言うのはやめなさい。今夜は誰かついていなくちゃいけない。悪い夢を見なくてすむだけでもいいだろう？　ぼくも一人になりたくないんだ」決してふざけた口調ではない。ブレークはジェイムがときどき夜中にうなされるのを覚えていたのだ。結婚生活をしている間には、ほんの三、四回しかなかったのに。あのころの悪夢にはよく父が登場した。記憶にはまったくない父親——思い出そうとしても、近づこうとしても、いつも父の面影はつかみどころのないままに消えてしまう。

ジェイムがぼうっとしている間に、ブレークはタオルを外しかけていた。

「やめて。そんな格好でベッドに入るなんて」どうしてこんなにまごつくのだろう、と情けない思いでジェイムは目をそらした。目の端にちらりと肩をすくめるブレークの姿が映る。

「今ごろ何を言ってるんだい。ぼくは昔からこの格好で寝てるじゃないか」

彼の重みを受けてベッドが沈む。ジェイムはぎりぎりいっぱいのところまで端へ寄り、体を硬くした。胸が迫って息が苦しい。

五分とたたないうちに、ブレークは眠りに落ちていた。その規則正しい寝息は、ジェイムの激しい動悸《どうき》を静め、体のぬくもりは冷えた背中を温めてくれる。彼のほうを向いてそばへ行ってはいけないだろうか？　今は何よりも昔みたいに寄り添って眠りたい。おさえようとすればするほどその気持はつのる。とうとうジェイムは寝返りを打ち、自分をさげすみながらも彼の温かい背に体をすり寄せた。

しばらくうつらうつらするうちに、ブレークの動きが伝わってきた。無意識にジェイムのほうを向き、背中に腕を回してぴったり体を寄せてくる。離れるべきなのはわかっているが、彼のそばにいるうれしさはあまりにも大きな誘惑だった。早く下がりなさい、とせかす声をよそに、ジェイムはいっそう深く彼の腕の中に身を沈めた。背中に回っていた彼の手が、やがて胸のふくらみを包み込む。彼が目をあけたら、こうしてそばにいることをなんと言いわけしたらいいだろう？　その不安に、今までのほのぼのとした思いもすっかりさめてしまった。やっと離れようとしたけれど、今度は彼の腕が体をおさえていて動けない。ブレークは小さく声をたて、いちだんとわがもの顔に腕をからませる。

「ジェイム」

はっと緊張するジェイムの耳元で、夢うつつのブレークの声が続く。「なんでこんなものを着てるんだ？　きみの肌が触れているほうがいいのに」

彼はいまだに二人が夫婦として暮らしていると思っている――錯覚を起こしているのだ。

「ブレーク……」ジェイムは小声でたしなめるように言った。「ブレーク……」

「ん？　どうした？」ブレークはジェイムの喉元に顔を寄せ、首に手をかけて指先でそっと肌をまさぐった。

彼の触れたところがたちまち小さな炎となって燃え始める。彼を起こしてやめさせなくては。でも、とうてい実行する力はない。離れている間あれほど恋しかった彼の腕に抱かれているのに、どうしてそんなことができよう。柔らかく肌に触れる彼の手、あごにキスを繰り返す温かい唇――体はすでにそれ以上のものを求めてうずいている。

ブレークはそろそろとネグリジェをジェイムの肩から外し、引き下ろした。彼の手が白いすべすべした肌をすべり再び胸のふくらみへ……。

甘いため息にも似たやさしい手。ジェイムは我を忘れて危険な喜びに酔いしれた。ブレークを押しやろうとして伸ばした手も、彼のなめらかな胸に触れるやためらいがちな愛撫の手に変わってしまった。

「ああ……ジェイム……」

ジェイムはどきっとした。意思に反して、感覚は彼のハスキーな声を敏感にとらえてしまう。温かい彼の手の下で胸は大きく上下し、燃える思いを告げている。それを感じ取ったのか、ブレークは親指でそっと胸をまさぐった。

「もう一度さわって、ジェイム」ブレークの声は体の奥深くから絞り出すように聞こえた。その熱っぽい響きがジェイムの体の中で大きくこだまする。「これは取ろうな」

器用な彼の手は、するりとネグリジェを体から抜き取った。彼はもはや夢うつつではない。わたしたちはもう夫婦じゃないのよ、と言わなくては。だが、魔法にでもかかったのか、その言葉がどうしても口から出てこなかった。ただ魅せられたように彼を見上げているだけ。ブレークはそうしたジェイムをそっとあお向けに寝かせ、体を隠そうとする手を両わきに引き下ろした。

「隠さないで。きみを見たい」

ブレークの視線が熱く燃えて体をたどる。まるで実際に手を触れられている思い。彼にささげられた尊いいけにえになったみたいな気がして、止めようもなく体がおののく。

「ジェイム」ブレークはささやいて膝をつき、体をかがめてジェイムの顔を両手で包み込んだ。彼の頭で月光がさえぎられたと思った瞬間、ジェイムの唇は彼のキスを受けていた。ためらいがちな、いたわるようなキス。森に住む小さな野生動物に向かって、逃げなくてもいいんだよ、大丈夫だよ、と言っているみたいな……。その控えめな愛撫は、激しい情熱よりも心を溶かす。ジェイムはすっかり気持がなごみ、太陽に向かって花が開くように唇も体も彼に預けた。

次第にブレークの唇は熱く燃えていく。ジェイムはただ彼の奏でる甘い音楽に心を奪われていた。二人の気持は今ぴたりと一致している。ジェイムの唇は喜びに燃えて彼の唇を迎え、彼のキスの味に酔い、体は早くも彼の体を待った。

ブレークは静かに唇を離し、ハスキーな声でささやいた。

「目をあけて」

素直に目をあけると、すぐ前でブレークのグリーンの目が見つめていた。魅入られたように、ジェイムはその瞳から目をそらせなくなってしまった。ブレークの手がそろそろと喉をなで下ろす。彼の体に触れたい。自然に手が彼のほうへ伸びる。だが、彼は首を振ってそっと言った。「まだだ」

ブレークの手が胸に下り、柔らかなふくらみを両わきから包み込む。目の奥でちらちらと炎が燃えているのを認めてジェイムの体はおさえようもなく震えた。

「ブレーク」ジェイムは夢中で彼にしがみつき、震える唇で何度も彼の肌に熱いキスを繰り返した。彼に触れているところが焼けつきそう。さっきはただ心休まるぬくもりが伝わってくるだけだったけれど。穏やかだったブレークの唇も、だんだん激しく燃えて肌をすべっていく。思わず彼の名が口をつき、心の中でやめないでと叫ぶ。彼のすべてを知り尽くしているのに、初めて触れるかのように何もかもが新鮮で胸躍る思いがする。胸に触れる彼の唇は熱く、知らず知らずため息とも叫びともつかぬ声が喉からもれる。

情熱に身を任せ、ジェイムはブレークの行為をまねて彼の胸に唇をすべらした。手はひとりでに彼の引き締まったウエストをまさぐる。ブレークは体を乗せかけ、ジェイムの唇に向かってささやいた。

「ジェイム、こういうことができるのなら、もっとちょいちょいファーンが行方不明になるように細工したいくらいだよ」

いきなり天地が引っくり返るほどの衝撃が襲いかかった。ジェイムは体をこわばらせ、かすれ声で言った。「〝また細工したい〟って言うべきじゃないの？　わかってるのよ、ブレーク、あなたがカロラインと組んでるってことは。全部あなたたち三人のたくらみなんでしょ？　あなたたちは、チャールズが僧院を守る会から手を引くように仕向けたいから……わたしなら彼を説得できると考えて……教室を壊したり、ブレーキを故障させたりしたんだわ。でも、ファーンをあぶない目に遭わせるなんて許せない！　あの子はあなたの子供じゃないの。あなたは初めから子供をいやがっていたけれど……」涙がこみ上げ、うまく声が出ない。あれほど温かいと思ったブレークの体が今は驚くほど冷たく、体が凍りつきそうな気さえする。

「なんだって？　もう一度言ってごらん」

ブレークの声はまったく抑揚がなかった。もの静かなだけに、その声にはかえって不気味なものを感じる。

「子供なんか……ほしくなかったんでしょ？」ジェイムはしゃくり上げた。

「いや、その話じゃなくて……カロラインとぼくが組んでいるとかっていうばかな話さ」

「ばかな話じゃないわ。わたし、信じたくなかったの……でも、本当なのね。今日、カロラインの口からはっきり聞いたのよ。わたしが警察に行ったって脅かしたので、彼女本当のことをしゃべったわ」

「で、ファーンがいなくなったとき、きみは……」

「いよいよあなたたちが実行に踏み切ったんだと思ったの。いつか教室へ来た男が脅したとおり。まさかと思ったけれどやっぱり……」

「まさかと思った？　いや、きみはあり得ることだと思っていた。そうだろう？」ブレークは怒った声で詰め寄った。「きみは、ぼくが今度の事件に一枚かんでいると……自分の子供に危険が及ぶのを平気で見ていると思っていたんだな。なるほど、ぼくを捨てて逃げ出すわけだ。きみはそれほどぼくをくだらない男だと思っていたのか。よし、念のために言っておこう。ぼくはきみが脅されていたとは知らなかった。今きみの口から聞いて初めて知ったんだ」

「それじゃ、学校が襲われたのも、ブレーキが故障したのも、なぜだか知らなかったの？」胸の中で希望のともしびが燃え始めたが、一瞬ブレークがたじろぐ様子を見せたのでたちまち消えてしまった。

「ぼくは無関係だ」

少し間を置いて彼は口を開いた。しかし、これではジェイムが聞きたかった答えにはなっていない。ブレークは知っていたのだ。どうしてもそうとしか思えない。

「ブレーク、わたし、明日ファーンと家へ帰るわ。それが一番いいと思うの」

「だめだ！」ブレークの声は突き刺すように鋭かった。「ここにいなさい。帰りたいというのは、ぼくが何か危害を加えると思うからかい？　きみたちに毒を盛るとか……」

「そ、そんな……とんでもない」

「それならここにいることだ。せめてお母さんが帰るまででも。考えてもごらん。ぼくが自分の家の中できみを事故に遭わせるはずはないだろう？」ブレークはいやみがましく続けた。「きみが言うように、ぼくがカロラインの悪だくみに加わっているとしたら、ここにいるのが一番安全だよ」

「あなたは本当にあの仲間なの？」ジェイムはかたずをのんで彼の返事を待った。〝違う〟ときっぱり否定して、と心の中で叫びながら。だが、期待に反してブレークはするりとベッドから下り、体をかがめてたずねただけだった。

「そんなことをきくほどぼくが信用できないのかい、ジェイム？　まったくいい奥さんだよ、きみは。そもそも最初から一度だってぼくを信じたことはないんだろう？」

「仕方がないわ。あなたが一度も信じられる証拠を見せてくれないんですもの」ジェイムはとげとげしく答えた。

「人を信じるためには、証拠なんかいらないんだよ。愛と同じさ。本当に愛していたら、相手が愛してくれようとくれなかろうと気持は変わらない。それと同じで、なんの根拠もなくたって信じられてこそ本当に信じていると言えるんだ。さあ、ぼくは向こうの部屋へ行くよ。もう邪魔はしないから、ゆっくりおやすみ」

思いがけないブレークの深刻な口ぶりに、ジェイムは戸惑った。まるで傷ついたのは彼のほうみたいではないか。そんなはずはないのに。

あくる日はほとんどブレークと顔を合わせなかった。外でファーンと遊んでいる声は聞いたが、それ以外に彼の声を聞いたのは「階下《した》にいて大丈夫かい？」とたずねられたときだけ。ジェイムが大丈夫だと答えると、彼はファーンを任せ、一人書斎に閉じこもってしまった。閉ざされたドアが二人の間を象徴しているように見える。彼はわざとドアをしめ、ジェイムを締め出しているところを見せつけたのだ。なんだか後ろめたい気がする。悪いのは彼のほうなのに、どうしてだろう？　昨日も彼には何度かチャンスを与えた。カロラインやバロンとの関係を否定しようと思えばできたはずだ。根拠がなくても信じられてこそ本物だと彼は言うが、あれは今度のことではなくて昔の話に違いない。以前のジェイムは、彼の心をつなぎとめておく自信がないためにすぐ懐疑的になったから。彼の愛を疑ったのは間違いだったというのだろうか？　いいえ、間違いではない。スージーがはっきりと言ったのだ。ブレークはもうあなたにうんざりしているのよ、と。さらに、彼はジェイムが頼んでも仕事をやめようとはしなかったくせに、エル・サルバドルから帰ってくるなりレポーターをやめている。頭が混乱して考えがまとまらなくなり、ジェイムは庭へ出てファーンと遊び始めた。

「あたしパパのおうち好き」ファーンは無邪気に言う。「ママは?」

答えようがなくてジェイムは黙っていた。

「ずっとパパと一緒がいい。ねえ、だめ、ママ?」

いったいなんと答えればいいのだろう? パパはたぶんわたしたちと暮らしたくないって言うわ、とでも? まさかそんな説明はできない。

夕方近く、シモンズ夫人が訪れてしきりと謝った。「昨日は本当にごめんなさい。ずいぶん心配なさったでしょう? お電話しないほうがよかったかもしれないけど、正直に言うべきだと思ったもので……。事故に遭ったばかりで今度はファーンが迷子になるなんて——二度あることは三度あるって言うから気をつけてね」

「ことわざどおりにならないように祈るだけですわ」ジェイムはさりげなく言ったが、実際はひどく不安だった。おかしな話だが、ブレークの説得に負けてここに身を置いたのが何よりだったと思う。

六時を過ぎてもブレークはまだ仕事をしていた。ジェイムはファーンにお茶をいれ、冷凍庫に入っていたとり肉を蒸し焼きにした。間もなく、そのおいしそうなにおいが小ぢんまりした台所をすみずみまで満たした。庭には野生のグーズベリーが豊かに実っているので、それを摘んでデザートのパイを作った。あれだけの大ピンチを経験したにもかかわらず、ファーンはいつも以上に旺盛《おうせい》な食欲を見せた。

ブレークの分はお盆にのせて書斎の前に置き、「お食事を外に置いたわよ、ブレーク」と声をかけてさっさと戻ってきてしまった。

ちょうどファーンを寝かしつけたとき、ががらという不気味な音がし始めた。音は次第に大きくなる。地底で雷鳴がとどろき、離れ全体を揺さぶろうとしている感じだ。地震？　ばかなことを考えてはいけないわ、と自分に言い聞かせて窓辺に急いで空を見上げたが、雷雲が出ている様子はない。沈みかけた太陽の残光で、空は柔らかなブルーに染まっている。音は僧院の方角から聞こえてくるが、間に茂みがあるためここから僧院の建物は見えない。

階段を半分ほど下りたとき、電話が鳴った。ブレークはまだ書斎にいたらしく、すぐに電話に出た。部屋の前に置いたお盆は姿を消している。

いきなりブレークが革のジャケットをはおりながら飛び出してきた。

「僧院へ行ってくる。ぼくが帰るまでドアに鍵《かぎ》をかけておきなさい」

わけをたずねる間もなく、彼はせかせかと出かけていった。離れと母屋を結ぶ古い小道を通って。あんなところを走っていくくらいなら、フェラーリに乗って庭内路を通っていけばいいのに。

ブレークの言いつけを忠実に守り、ジェイムは旧式なドアにかんぬきをさし、錠を下ろした。書斎も調べに行ったところ、ガラス張りのドアはきちんとしまって鍵がかかっていた。ぞっとして不安な思いに襲われる。いったい何が起こったのか……ブレークは僧院へ何をしに行ったのだろう?

ジェイムは台所に座ってブレークを待った。だが、いつまでたっても彼は帰ってこない。もう今夜は戻らないのかもしれない、と思ったところへ、ノックの音が聞こえた。続いてきびきびしたブレークの声がした。

「ジェイム、あけてくれ、ぼくだ」

ドアをあけてみて驚いた。ブレークの顔はあちこち泥によごれ、ジャケットは破れてシャツもしみだらけになっている。

「コーヒーをいれてくれないか?」彼は疲れたように椅子に座り込んだ。

僧院で何をしていたの、とききたい。だが、口まで出かかった言葉をプライドがおさえた。コーヒーを渡すときにふと見ると、ブレークの右手は節々がすりむけ、血がにじんでいた。ジェイムがはっと息をのんだので、ブレークも自分の手に目を落とした。

「どうしたの?」

「なんでもない」彼はむっつりと答えた。「すまないが、疲れてるからすぐに寝たいんだ。明日は早く起きてロンドンへ行かなくちゃならない」

今までこれほど冷たくしりぞけられたことはない。ブレークが台所を出ていってからも、ジェイムはショックでぼんやりしていた。機械じかけのようにからのマグ二つを取り上げ、自分の心にきいてみる。何を期待していたの？　起きて待っていたら、彼が感激して抱き締めてくれると思ったんじゃない？　ばかね！　そんなことを考えたら、自分を傷つけるだけなのよ。彼はあなたを愛してなんかいないわ。今さら言うまでもないじゃないの。

翌朝はもう少しで彼の姿を見ずじまいになるところだった。フェラーリの音で目が覚め、窓にかけ寄ってみると、車は僧院へ向かって走っていった。表へではなく。十分後、力強いエンジンの響きとともに再び車は姿を見せたが、乗っているのはブレーク一人ではなかった。今度はカロラインが隣に座っている。

あの二人は一緒に出かけていった……目の前が真っ暗になる。もうこの離れにはいられない。一刻も早く家に帰ろう。

タクシーを呼ぼうとした矢先、車の近づいてくる音が聞こえた。離れの前に止まったのは見慣れないセダン。誰か降りてくる。お母さん！　なんて思いがけないことだろう！　ヘンリーも一緒だ。それだけではない。二人は仲よく手を取り合い、ほかのものは目にも入らない様子で見つめ合っている。ジェイムはぼう然としたままドアをあけた。

「ただいま！」母はさえずるように言って左手をかざして見せた。「これわかる？」その薬指には、真新しいエンゲージリングと結婚指輪が輝いていた。

「そ、それ……」

「ひとまず中へ入って座らせてもらおうじゃないか」ヘンリーが割って入った。「いきさつはお茶でも飲みながらゆっくり話すよ。人間、旅に出ると心がゆるんでくるらしい。こう話がうまくいくとわかっていたら、きみのお母さんをもっと早くローマへ連れていくんだった」

「結婚したのね！」ジェイムはやかんに水を入れながらうわずった声をあげた。「でも……」

「特別許可証を取って結婚したのよ」サラはにこやかに答えた。

「そうなんだ。やっとイエスと言ってもらえたのにここで気が変わられちゃかなわない。そう思ったから、超スピードで航空券の手配やら何やらをすませて、昨日ロンドンに戻ったんだよ。おかげで無事結婚できた」

「あなたを招《よ》んで式に立ち会ってもらいたかったんだけど」サラが口をはさんだ。「ブレークに電話したらけがをしてるって言うじゃないの」

「電話した？　ブレークに？」ジェイムはぽかんとしてしまった。「だって……」

「初めはうちに電話したのよ。でも、誰も出ないから、ウィドウズさんにかけてみたの。そしたらブレークと一緒にいるはずだって言うから……ここへ電話するのが当然でしょ？ただ、ブレークにはこの話を内緒にしておいてね、って言ったの。だって、直接あなたに言って驚かすほうが楽しいじゃないの。だけど、秘密をかかえていたのはわたし一人じゃなかったようね。おめでとう、ジェイム。とてもうれしいわ。あなたはブレークがいないとだめな人なのよ。口で言うほどあの人が嫌いなはずはないってわたしはいつも思ってたの」

「お母さん……」ジェイムは事情を打ち明けようと思って口を開いた。しかし、ヘンリーの爆弾発言に出会い、何も言えなくなってしまった。

「自分勝手な話で申しわけないが、ぼくたちとしては好都合なんだよ。実はバスに引っ越すことにしたんだ。あそこに古美術店を出している友達がいて、店を売りたいって言うのでね。なかなかいい店なんだよ。ちょっと高いのが玉にきずだが、今の店とお母さんの家を売ればなんとかなる」

頭をがんとなぐられたみたいで、返事のしようもなかった。何もかもいっさいなくなってしまうのだ。二度あることは三度ある――シモンズ夫人の悲観的な言葉を思い出す。ショックから立ち直ろうと努めているジェイムの前で、サラとヘンリーはティーンエイジャーのカップルさながらに顔を輝かしている。見るからに祝福されるのを待っている様子だ。

やむを得ずジェイムは二人の頬にキスをした。不機嫌な顔をしてはだめよ、と自分をしかりつけながら。もちろん二人の幸せそうな顔を見て不愉快になるはずはない。だが、一度に母も住む家も奪われたら、途方に暮れるのが当然というものだ。それに……まだ問題がある。事実を打ち明けようにも打ち明けられなくなってしまった。ブレークとは和解していないと言ったら、母は即座にジェイムが行き場を失うことに気づくだろう。絶対に母たちの幸せを壊してはならない。となれば、ブレークに口裏を合わせてもらい、もとのさやにおさまったと見せかけるしかないのだ。じきにその必要もなくなるだろう。近くにファーンと二人で住む家を見つければいいのだから。簡単には見つからないかもしれないし、もっと働かなくてはならないだろうが、なんとかがんばろう。経済的にも精神的にも今までいかに母に依存していたか、改めて思い知らされた気がする。万一ブレークがいやだと言ったらどうしよう？　そんなことは考えたくない。どうしても協力してもらわなくては。突然ジェイムはブレークの帰りが待ち切れなくなった。

「ところで、ブレークは？」母がたずねた。

「ロンドンへ行ってるの。仕事で」

「そう。じゃ、会わずに帰るわ。今日はただ、いいニュースを知らせに寄っただけなの。ヘンリーがね、今度の土曜日みんなでお食事に行きましょう、って。遅ればせながら、結婚祝いよ。わたしたち、今夜はとりあえずわたしの家に戻るわ」

「だったら、明日行くからゆっくりおしゃべりしましょうよ。わたしたちのものもおおかた家に置きっ放しだし……」

「そうでしょ。ブレークも、この離れは一時しのぎなんだって言ってたわ」サラは体をかがめ、ジェイムとファーンにキスをした。

さっきから興味津々という顔で大人たちの話を聞いていたファーンは、立ち去りかけたヘンリーに向かって問いかけた。

「おじちゃま、あたしのおじいちゃまになるの？」

「なってもいいかい？」

「うん」うれしそうにこっくりするファーンに、大人三人は思わず笑いだした。ヘンリーはファーンを抱き上げて言った。

「きみがそう言うなら、おじいちゃまになろう」

「あたし、パパとおじいちゃまと両方できちゃった」下に下ろされたファーンは、得々として声を張り上げた。

母とヘンリーが去ると、家の中が急にひっそりとしてしまった。ブレークに早く会いたいが、会うのが怖くもある。芝居などできないと断られたら、どうすればいいのだろう？カロラインに対する彼の気持は？　離婚したいとは言わないものの、カロラインにちょっと呼ばれれば彼は何をおいても飛んでいく。それに、例の脅しには加担しなかった、とはっきり否定したわけでもない。ため息をつき、ジェイムは家の中を歩き回った。

ファーンを寝かせてからのちは、時間の過ぎるのがたまらなく遅く感じられた。ブレークはいつ帰ってくるのだろう？　ジェイムはぶらぶらと書斎に足を運び、ゆったりした革張りの椅子に座って体を丸めた。椅子にはほのかにブレークのにおいが残り、寂しい心を慰めてくれた。

9

「ジェイム」

ジェイムは重たいまぶたをあけた。階段の下辺りで足音がしている。

「ここ、書斎よ、ブレーク」こわばった手足を伸ばして腕時計を見ると、もう十一時だ！ それほど長い間眠っていたのだろうか？ ドアのノブが回り、ブレークが入ってきた。眉根を寄せ目を曇らしている彼は、何だか別人のように見える。

「出ていっちゃったのかと思った……」

「ファーンを置いて？ わたしはあなたを待っていたのよ」

「うれしいことを言ってくれるね」ブレークは珍しく落ち着かない様子で、そわそわと部屋の中を歩き回っては置いてあるものに手を触れている。

「ジェイム」

「ブレーク」

二人は同時に口を開いた。

「レディファーストでいこう」ブレークが軽く頭を下げた。

今こそ話をするチャンスだ。だが、どう切り出したらいいものかわからない。〝ブレーク、ここに置いてちょうだい。お母さんはわたしたちが和解したと思ってるの〟でいいだろうか？　それとも〝ブレーク、お母さんがわたしたちのことを……〟

「ブレーク」変にうわずった声を出してしまい、ジェイムは言い直した。「ブレーク、午後、お母さんが来たの」

棚の酒びんに伸びた彼の手がぴたりと止まった。「それで？」無理に平静を装っているかのように、その声は無感動だった。

ジェイムは深呼吸した。

「お母さんが結婚したのは知ってるわね？　もちろんうれしいことだけど、一つ問題があるの」

思い切ってちらりと上げた目に、ブレークの暗く沈んだ顔が映る。なんだか余計話しにくくなってしまった。

「お母さん……いえ、あの二人は……わたしたちがもとに戻ったと思い込んでるのよ。で、今の家を売りたいって言うの」ジェイムは指をからみ合わせ、一気に話し終えた。

「だから？」

だから……なんと言おう？　考えてもしようがない。言うことは一つしかないのだ。

「だから、ファーンとわたしをここに置いてほしいのよ。表向きは和解したことにして」誤解がないように、ジェイムは勇気をふるい起こしてつけ加えた。「あの家が売れるまでの間だけでもいいわ。お母さんたち、お金がいるのよ。バスに店を買うので。でも、お母さんはファーンとわたしの生活をみなくちゃいけないと思えば……」

「本当はぼくがきみたちをみなくちゃいけないんだって言いたいんだろう？　自分の言ってることがわかってるのかい、ジェイム？」

「わかってるわ」ジェイムは消え入りそうな声で答えた。ブレークの厳しい声の前ではどうしても萎縮《いしゅく》してしまう。

「昨日は逃げ出したくてたまらないようなことを言ったくせに、今日はここに置いてくれって言うのかい？」

「厚かましいのは承知の上よ、ブレーク」不意に勇気が戻ってきて、ジェイムはきっぱりと言った。「でも、あなたが強引にわたしたちを引っ張ってきたりしなければ、誰も和解したなんて思わなかったわ」

「だが、こうしてしまった以上、ぼくには世間をあざむき通す義務がある。よし、いいよ」

「いいって……わたしたち、ここにいていいの？」

「そうだ」

背を向けているためブレークの表情は見えないが、声は氷のように冷たかった。

「これでいいかい？　よかったら、一人にしてくれないか。ちょっと片づけたい用事があるんだ」

追い払われたと知って、ジェイムはよろよろと書斎を出た。ブレークは芝居することを承知してくれたが、少しもうれしくない。それどころか、たまらないむなしさを感じる。

「見て、ママ。パパの写真」ファーンがベッドに飛び上がってきて新聞を差し出した。

見出しには〝人気作家と警官が協力。歴史的建築物を救う〟とある。記事を読み進むにつれ、思ってもみなかった事実がわかってきた。それによれば、カロラインはバロン一族に脅されて僧院売却に同意したが、思い直してほかの買い手に売ることにしたという。買い手の名前は出ていないが、僧院を個人の家とし、大切に保存する人物と記されている。ブレークはバロンに力を貸すと見せかけ、内部の情報をキャッチしていたらしい。

警察は、ブルドーザーが僧院に入り込んだのはバロンが僧院の一部を破壊しようとしたものと見ている。強行手段に訴えればカロラインは売らざるを得なくなるだろうと考えたのだ。カロラインから知らせを受けたブレークは、警官がかけつける前にブルドーザーの運転手をなぐりつけ被害を食いとめた。

ジェイムは青ざめて新聞を置いた。彼と交わした会話が断片的に脳裏をよぎる。〝あなたはあの仲間なの？〟ブレークは答えなかった。ただ、〝根拠がなくても信じられてこそ本当に信じていると言えるんだ〟と言っただけだった。あのときは、それを素直に受け入れる気になれなかった。ブレークは何が起ころうとしているか知っていた。だからファーンとジェイムを自分のすまいに呼び寄せて守ろうとしたのだ。二人をそばに置きたいからではなくて。

階段を上ってくるブレークの足音がする。恥ずかしくて隠れてしまいたいが、そんなことはプライドが許さない。

「あなたは今やたいへんな英雄ね」ジェイムは、コーヒーを持って入ってきたブレークに明るく言った。

「田舎の新聞は大げさでいけない。バロンの悪評は、テレビ局にいる友達から聞いて知っていたんだ。カロラインにそれを話したところ、彼女はすぐに思い直してくれたよ。特にほかの……買い手が現れたものでね。だが、バロンのほうはそうあっさりとは引き下がらない。脅されていたのはきみ一人じゃないんだよ」

「ブルドーザーは脅しだったの？」

「彼らが昔からよく使う手さ。いらない古い建物があるとブルドーザーを持っていくんだ。バロンは、壁の一箇所か二箇所も壊せば、カロラインは怖くなって自分たちに売ると踏んだんだろう。売らせればもうしめたものだ。傷んでいて危険だからという口実をつけて全部壊してしまう。前にもそういう例がある。役人を買収すればことは簡単に運ぶんだよ」

「あのがらがらいう音はブルドーザーだったのね。あなたの手の傷は……」

「ブルドーザーの運転手に比べればましさ。運転手っていうのはぼくより十歳くらい上の太りぎみの男で、独身の女性を脅すにはもってこいだろうがブルドーザーから引っ張り下ろすとまるっきりだらしなくてね」

「それにしても……」〝誤解していたわ。ごめんなさい〟と言いたいが、謝ってすむものではない。罪の重さがだんだん身にしみてわかってくる。

「ジェイム、事件は知れ渡ってしまったし、バロンはうらみに思っているらしい。どうだろう、三人でしばらくどこか遠くへ行かないか？　事情が事情だから、きみとしても納得できるだろう？　第一、ぼくたちは今和解したところだものな」

気のせいか、ブレークの静かな声の陰にいやみを感じる。

「遠くへ？」

「そうだ」ブレークは目をそらしたまま答えた。「ペンブロークに別荘を持っている友達に電話してみたんだよ。それで、二週間ばかり貸してもらうことにした。その間にはほとぼりもさめるだろう」

「ペンブローク」ジェイムの目は涙でうるんだ。「ハネムーンのときに行った別荘？」

「思い出したかい、あの家？　きみって意外なところのある人だな。突然ぼくを置き去りにして出ていったくせに、あの別荘を思い出してセンチメンタルになったりして」

〝あなたはどういうつもりなの〟とジェイムは叫びたかったが、胸がいっぱいで声が出なかった。ハネムーンのときの別荘に行こうなんて！

言い返す間もなくブレークは部屋を出ていってしまったが、すぐに戻ってきて続けた。

「明日出かけよう。セダンを借りることにしたよ。フェラーリより楽だから」

「わたし、家に帰って……持っていくものをまとめたいわ」

「それじゃ、車を借りに行くときに送っていこう。ファーンはぼくが連れていく。まだ誘拐されそうで心配だって言うのならやめるが」ものの柔らかな彼の口調に、ジェイムはかえってぞっとした。

「思い違いをして悪かったわ。でも、わからなかったんですもの」

「そうかい？」ブレークの声は冷たかった。「普通の人なら、父親が娘を危険にさらすはずはないと考えるんじゃないかな？　ぼくがきみたち二人を脅したり傷つけたりすると思うのがそもそもおかしいよ。きみは、ぼくがブレーキに細工したとまで思ったんだろう？　あきれたものだ」彼は憤りをぶつけた。「きみだってわかってるじゃないか。ぼくが……」

「わかってるわ。もともと事故を仕組んだと思っていたわけじゃないのよ。ちょっと驚かすだけだったんだろうと思ったの。あそこで子供が飛び出してきさえしなければ事故にはならなかったんですもの。ファーンがいなくなったときも、単なる脅しで……」ジェイムは体の震えを止めようとして言葉を切った。

「それでいて、きみはぼくに抱かれようとした」ブレークは穏やかに言った。

「だって……」どう答えればいいのだろう？　〝どうにもならなかったの。まだあなたを愛しているんですもの〟と？　いや！　そんなことは言えない。

「いいよ。何も言わなくたって。理由をききたいとは思わない」

「あなたこそ、なぜわたしを抱こうとしたの？」

言う気もなかった言葉がすらすらと口をつき、ジェイムは我ながらびっくりしてしまった。ブレークも変な顔をして見ている。

「それには答えないほうがいいだろう。どちらにとってもあまり楽しい話じゃない」

部屋を去るブレークを見送りながら、ジェイムは顔を赤らめた。彼の答えはわかっている。〝目の前にいた女がたまたまきみだったというだけだ。それに、きみは拒絶しなかった〟と言いたかったのだ。悲しいけれど、彼に秘密を――彼を愛しているということを――知られるよりはいい。

母はジェイムたちが町を離れると聞いても驚かなかった。「それが一番よ」と静かに言う。「二人でゆっくりする時間が必要だわ。ここにいたら、みんながブレークの武勇談を聞きたがってたいへんよ」

ブレークは母たちが結婚祝いに夕食会をするという話を聞き、出発を日曜日まで延ばそうと言った。そこで、ジェイムは電話で母にその旨を伝えた。

「よかったわ」サラは快活に答えた。「それじゃ、土曜日に二人で買い物できるわね」

「何を買うの？　お母さん、旅行に出る前にいっぱい買い物をしていったじゃないの」

「わたしは買ったけど、あなたは何も買わなかったでしょ？　子供がいるにしても第二のハネムーンなんだから、何かそれらしい服を持っていかなくちゃ。ジーンズとTシャツじゃわびしいわ」

「ペンブロークは何もないところよ。おしゃれして出かける機会なんかないわ」

「出かけるときの話じゃないのよ」母は謎《なぞ》めいた言い方をした。「土曜日の朝、迎えに行くわね。ファーンはブレークに預ければいいわ」

土曜日の朝、サラはジェイムを乗せて僧院の離れから車を出し、くすりと笑って問いかけた。「男の人って、子供ができると変わると思わない？　生まれる前は関心がなくても、いざ生まれてみるとかわいくてしようがないのよ。ファーンはあの小さな指一本でブレークを振り回してるって感じじゃない？」

「そうね……」ジェイムは言葉をにごした。ブレークは確かに娘を愛しているが、その話はしたくない。考える気もしないのだ。考えれば、彼と別れたあとどうすべきかの問題に突き当たる。ブレークがいつまでも一緒にいると信じ切っているファーンは、彼がいなくなったらどう思うだろう？　母の幸せをそこないたくないあまり、ファーンのことまで頭が回らなかったが、これは深刻な問題だ。

「なんだか憂うつそうね」

「別に」ジェイムは作り笑いをし、一生懸命ペンブロークの話をし始めた。

「着いたわ」サラは、ジェイムの知らない小さな店の前に車をつけた。ウインドーにはピンクの無地のスカートと、同じ色のサマーセーターが飾ってある。

「イタリア物のお店なのよ」母は浮き浮きしてジェイムを中へ促した。「二度目のお嫁入り支度だから少し変わったものをと思ってね」

三十分後、ジェイムはあきれ顔で母を見守っていた。椅子の上にはすでに衣類の山ができているのに、もう一枚ブラウスを買おうと言い張るのだ。ウインドーに出ているのと同じタイプのスカートやサマーセーターも買ったし、ブラウスも何枚か買った。それに、細い体によく似合う白いスラックスやピンクとライラック色の柔らかな絹のドレス、美しいレースに縁取られた淡いピンクの下着一式も。

「こんな下着いらないわ。上等すぎるし、高くてもったいないもの」とジェイムは断ったが、母は耳を貸さなかった。

「これも必需品よ。あなたはいいと思わなくても、ブレークは気に入るに決まってるわ」

ジェイムがショーツをつまみ上げるのを見て、サラとブティックのオーナーは顔を見合わせて笑った。細いリボンで両わきがとまっているだけの小さなショーツ。ほかにブラ、キャミソール、ブルーマー、ガーターベルト、ペチコート、加えてスリップ。オーナーは「このスリップなら下着としてではなくてベッドでお召しいただきたいところですわ」と言う。「アメリカの女性はよくそうしてますのよ」

「あら、そう？　わたしの若いころはシャネルの五番をつけるだけだったわ」サラは茶目っけをのぞかせて言った。「わたし、すてきな男の人がこういうものを買ってくれるといいなあ、っていつも思ってたのよ。口でこれを着ろって言うんじゃなくて、それとなくわからせてくれるの。ベッドで着てほしいんだよ、って」

ブティックを出たのは昼近くで、サラは町中《まちなか》のワインバーで食事しようと言いだした。そこへ向かう途中いくつかの店の前を通り、二人はその中の一軒で対になったバッグと靴を何組か買いそろえた。

「ジェイム、あれ、どう？　絶対いいわよ。今夜着られるわ」

サラが〝あれ〟と言ったのは、秋のニューファッションのドレスだった。ジェイムの目の色と同じサファイアブルーのアンゴラで、細いベルトで締めたウエストから半円形のスカートが広がっている。ボートネックで背中は深くV字形にあき、袖は七分丈だ。

「あなたの目の色にぴったり」サラは顔を輝かした。「中へ入りましょうよ」

その気もないのに、ジェイムはいつの間にか試着室に入ってドレスを着ていた。まるであつらえたように体に合い、よく似合う。見ているとどうしても買わずにいられない。

「さ、お昼を食べて、そのあとでこの服に合う靴を買いましょう」

母はどうせ言いだしたら聞かないので、ジェイムはおとなしく従った。

僧院の離れに帰り着いたのは夕方近くになってからだった。表にはフェラーリに代わって、借りてきたセダンが止めてある。サラが車をつけたとき、ブレークとファーンが僧院に続く道から姿を現した。

「大丈夫。まったく異状なしだ」ブレークはジェイムの不安げな顔を見て言った。「警備員たちとちょっと話をしてきたところさ」

僧院は今ガードマン二人が四六時中警備にあたっている。ブレークがカロラインのために頼んだのか、それとも今度所有者になる人物が雇ったのか……きいてみたいがブレークにはききにくい。このところ彼は人前でこそ体裁をつくろっているが、ひどくよそよそしいのだ。

お茶でも、とジェイムはすすめたが、母は夕食に出るための支度があるから、と言って断った。

「七時半よ、忘れないで！」車を出しながらサラは呼びかけた。「新しい服を着るのも忘れないでね」

ブレークはなんの話だと問いたげに眉を上げたが、何も言わなかった。同じ屋根の下にいるのに、二人の間にもう意思の疎通はなくなってしまった。

その夜、ファーンはウィドウズ夫人にみてもらうことにした。母の家の今まで使っていたベッドに寝かせ、明朝ペンブロークへ発《た》つときに寄って連れていけばいい。

ジェイムが新しいドレスを着て現れても、ブレークはなんら感想らしきものを述べなかった。だが、長いことつけていなかったサファイアのエンゲージリングに気づいたときは、意外そうに目を丸くした。

「まだ持っていたのかい？　とっくにどこかへやってしまったのかと思った」

「まさか」ジェイムはショックを受けて反射的に答えた。

「だが、その指輪には何もロマンチックな価値はないだろう？　ぼくたちの結婚が悲劇に終わったことを思い出させるだけじゃないか」

違う！　彼を愛しているから持っていたのであり、彼が愛してくれないからつけなかったのだ。でも、そんなことは説明のしようもない。新しいドレスに浮き立っていた心が急に暗く沈んでしまった。何を思い描いていたのだろう？　新しいドレスを着た自分に彼が惹《ひ》きつけられる場面を想像していたのだろうか？

「パパ、お話しして。さっき、してくれるって言ったじゃない」母の家に向かっているとき、ファーンが言いだした。

「してあげるとも。心配しなくていい」ブレークは着いてすぐファーンを部屋へ連れていった。

　間もなく彼が下りてきてファーンはぐっすり眠ったと告げたので、一行は家を出た。ヘンリーが陽気に冗談口をたたく。「気をつけなさい、ジェイム。うかうかしてると娘に旦《だん》那《な》さまを取られちゃうぞ」

　ブレークは笑いだした。「わかってます。我ながらファーンに甘いと思いますよ」

「どうした？」二人で車におさまったとき、ブレークがたずねた。「ファーンにやきもちをやいてるのかい？」

「びっくりしただけよ。あなたが自分からファーンに甘いと認めるなんて驚きだわ。あの子がほしくなかったくせに」

　ハンドルを握るブレークの手に力がこもった。しまったと思ったが、言ってしまったことはもう取り消せない。

「子供がほしくないと言ったのは、家庭が安定してなかったからだよ。結果的に見て、ぼくの考えは正しかった」

「嘘《うそ》よ」ジェイムは声を震わせた。「あなたは自由がほしかったから、子供はいらないって言ったんだわ。それと、仕事を捨てたくなかったから……」

「仕事はたいした問題じゃなかったはずだよ、ジェイム」ブレークは冷ややかに言った。

「きみは独占欲が強い上に、自信がなくておどおどしていた。それをカモフラージュするために、二言目にはぼくの仕事をやり玉にあげただけさ。子供がほしいと言ったときも、その裏には自分勝手な理由しかなかった。だからぼくは反対したんだよ」

「違う……違うわ……」口では言いながらも、心の奥ではブレークの言うのもあながち間違いではないとわかっていた。子供ができたと知ったとき、これで自分の立場が強くなると思ったのだ。

「ぼくは仕事でそばを離れたからって、きみをないがしろにはしない。だが、きみは仕事をやめてくれの一点張りだった。子供だったんだな。何もわかってなかったんだ。それを承知の上で結婚したんだが、そのうち大人になってくれるだろうと……」

「スージーみたいになると思ったの？　そうならなくてさぞやがっかりしたでしょうね！　スージーはお互いになんの束縛もしない結婚に賛成なんでしょ？　そういう生き方が好きなら、なぜ彼女と結婚しなかったの？　わたしなんかと……」

「大人げない口をきくのもいい加減にしなさい」

車はレストランまで一キロ半程度のところに来ている。しきりと涙がこみ上げるが、母と顔を合わせるまでになんとしても落ち着きを取り戻さねばならない。

「何があろうと、過ぎたことは過ぎたことよ、ブレーク」ジェイムは精いっぱい冷静な声を出した。「わたしは確かに世間知らずで、そう、あなたにべったりだったわ。あなたがうるさがったのも無理はないと思うの。でも、あなたがなぜわたしと結婚したかを考えるといつも不安だったのよ。あなたは、わたしがかわいそうだと思って結婚したんでしょ？　経験がなかったし、あなたに捨てられるのを怖がっていたから」胸が迫ってブレークのほうを見ることもできない。けれど、最後まで言わなくては。「あなたがどこかへ出かけていくたびに、わたしはおびえたわ。もう帰ってこないんじゃないか、わたしと結婚したのは間違いだったと気がついたんじゃないか、と思って」

車はレストランの前に着いた。ヘンリーの車が先に駐車場へ入っていく。もう話をする時間はない。幸い外には宵闇《よいやみ》が迫っていた。

レストランに入ってからのジェイムは、ブレークの視線を避け、努めて陽気におしゃべりをした。せっかくのおめでたい夜を台なしにしてはいけない。自分自身はあざむけなくても、ほかの人はあざむき通せますように。

ブレークはいつになく不機嫌な顔をして黙り込んでいる。母もヘンリーもおかしいと思っているのではないだろうか？　ジェイムははらはらしたが、愛の喜びに浸り切っている二人は気づかないようだった。

「あなたたちも踊ったら？」サラがヘンリーとともに小さなダンスフロアから戻ってきて促した。

「いいの……」ジェイムは小声で踊らないと言いかけたが、ブレークはさっと立ち上がってジェイムの体に手をかけた。

おりしも二人がダンスフロアに出たとき、音楽がスローテンポの曲に変わった。ジェイムが体を離そうとするのに、ブレークはしっかりとジェイムを抱き寄せて放そうとしない。昔はよくこうして体を寄せ合って踊ったものだ。彼の肩に頭を預け、胸にてのひらを当てて。しかし、今は彼の体に触れるのが苦しくて、体をこわばらせ離れようとしてしまう。

ブレークはそれを誤解したらしく無愛想に言った。

「びくびくするなよ、ジェイム。こんなところで乱暴なことをされる心配はないんだから。もっと楽しそうな顔をしないとおかしいぞ」

ブレークはいっそうぐっとジェイムを自分の胸に引き寄せた。彼の心臓の鼓動が伝わり、さわやかなコロンの香りが鼻をくすぐる。手は彼の胸に当てる以外やり場がない。いつまでこうして踊らされるのだろう？　一刻一刻が耐えがたく長く感じられる。やっとダンスは終わったが、帰るころには緊張のあまり頭がずきずきしていた。

母の家に着くと、ヘンリーはぜひ一緒に寝酒《ナイトキャップ》を飲んでいってくれと引きとめた。ウィドウズ夫人によれば、ファーンは一度も起きなかったという。

「心配ないわ。このまま朝まで寝てるわよ」サラは明るく言った。「あの子、海へ行ったらきっと喜ぶわ。あなたを初めて海へ連れていったときもそうだったのよ。着くなり砂浜へかけ出していって、お城を作り始めたの」

「どうやら当時から成長してないようですね」ブレークが口をはさんだ。「ハネムーンのときも同じでしたよ」

あのときはそのあと、ブレークが車の中から柔らかい敷物を持ち出してきて砂浜に広げ、二人はその上で愛し合ったのだ。突然、ジェイムは大声で泣きたくなった。だが、泣いて何になるというのだろう？　涙は何一つ変えてはくれないものを。

10

翌朝、ジェイムはほとんど話も交わさぬままブレークと母の家に向かった。前の晩の気疲れとワインのせいでまだ頭が痛い。ハネムーンのときの記憶によれば、ペンブロークの別荘までは少なくとも四時間かかる。ありがたいことに、ファーンは一時間も車に揺られると眠り込んでしまった。

「あと一時間たったらどこかで食事しよう」とブレークは言ったが、ジェイムは首を振った。

「あなたが何か食べたいならどこかに寄って。そうでなかったら止まらなくていいわ。わたしはおなかがすいてないし、ファーンはこのまま向こうまで寝てると思うから」

ブレークは、ジェイムの感じの悪い答え方に口を一文字に引き結んだだけで何も言わなかった。

田園風景が目の前に開けては後ろへ過ぎ去っていく。初めてブレークとこの道を走ったのは、結婚したばかりのとき。彼が結婚してくれたなんて信じられなくて、ぼうっとしていた。あのときのことは思い出したくない。ジェイムはため息を押し殺し、ファーンと同じようにシートにもたれて目を閉じた。

「起きなさい、ジェイム。着いたよ」

すぐ耳元でブレークの声がする。しぶしぶ目をあけてみてびっくりした。ブレークの肩にどっかり寄りかかっているのだ。

「ママ、寝てばっかり」後ろの席でファーンがとがめるように言う。「だけど、パパが起こしちゃいけないって言ったの」

頭痛薬のせいだわ、とぼんやり思いながら、ジェイムはのろのろと重い頭を上げた。気の毒に、ブレークはさぞや疲れただろう。だが彼はいっこうにそれらしい様子も見せず、黙って手を伸ばしてジェイムのシートベルトを外した。続いて自分のベルトを外し、後ろへ回ってファーンのベルトも外した。

子供をほしがらなかったわりにはずいぶん子ぼんのうな父親になったこと！　とジェイムは心につぶやき、ドアをあけて車から降り立った。

別荘は崖《がけ》の上に建っていて、セント・デヴィッドからペンブロークシャーの海岸を貫く国道がすぐ目の前を走っている。周囲には店も何もない。小ぢんまりした便利な造りは、ハネムーンの場として理想的だ。そばには人けのない小さな砂浜があり、ファーンはジェイムと同様ひと目でこの浜辺が気に入ってしまった。

一番近い町までは五キロほどある。ハネムーンで来たときは、ブレークと歩いて食料品を買いに行った。今度は二人で長い道のりを歩くことも、人里離れた野原で抱き合うこともないだろう。前に来たときも、一日中二人きりで過ごしたわけではない。ミルフォードヘブンやハーバーフォードウエストへ行って軍艦をながめたこともある。ペンブローク城へも出かけた。ペンブロークにはたくさん城があるが、ファーンはまだ砂遊び以外のものに興味を示しそうもない。

別荘は昔のままだった。ダブルベッドのある部屋が一つと、小さな部屋が二つ。この二部屋は続きになっており、ジェイムはここへファーンと自分の荷物を運び込んだ。

「あなたの荷物もあけましょうか?」

まだ車からいろいろなものを運び出しているブレークは、ジェイムの声を聞いて軽くうなずいた。なんだかお互いにひどく他人行儀だ。しかもその堅苦しさが異様で、嵐《あらし》の前の静けさといった感じがする。のびのびしているのはファーンだけだった。ジェイムについて部屋から部屋へ歩きながら、はしゃいでしゃべり続ける。別荘にはテレビがない。ファーンが寝てしまったら、ブレークとどうやって夏の夜を過ごせばいいのだろう?

ブレークの話どおり、フリーザーには食料品がいっぱい詰まっている。ファーンの好きなものはいくつか家から持ってきたし、食べ物に関してはいっさい心配ない。

食後、ファーンはどうしても海へ行きたいと言いだした。

「ぼくが連れていく」ブレークは進んで子供の相手を買って出た。二人を見送ったジェイムは、もやもやした気分で食事のあと片づけをした。よその奥さんたちも旦那《だんな》さまと子供から取り残されるとこういう気持になるのだろうか？

二人は三十分後に戻ってきた。ファーンは貝殻をいくつか持ってうれしそうににこにこしている。よほど楽しかったとみえ、ベッドに入ってからもしきりとジェイムに話して聞かせた。「パパとお水の中を歩いたのよ。パパは岩に登って……」

ブレークと二人になるのが怖い。〝臆病者《おくびよう》！〟と自分をしかり、ジェイムは階下《した》へ下りた。「わたし、頭が痛いからもうやすませていただくわ」それは決して嘘《うそ》ではない。「早く寝るほうがいいと思うの」

「ぼくは少し散歩でもしてくるよ。戸締まりはぼくがするから心配しなくていい」

耳をそばだてていたつもりだが、いつしか眠りに誘われて彼が帰ったのを知らなかった。

この最初の夜が前例となり、以降別荘での夜の生活は同じパターンの繰り返しだった。

依然として晴れた暑い日が続く。しかし、蒸し暑いところをみると暴風雨が近づいているのだろう。毎朝、ブレークがパソコンに向かって仕事をしている間、ジェイムはファーンをなぎさへ連れていった。昼近くに戻って軽い昼食を用意する。午後は、ファーンが昼寝している間に庭に出たり、町まで歩いたりして過ごす。

ときおりブレークと三人で車に乗って出かけることもあるが、残念ながらあまり楽しいひとときにはならない。彼がついてくるのは単なる義務感からだとわかっているのに、どうして浮き浮きした気分になれよう。それに彼がそばにいれば、常に昔のことを思い出す。二人の間は、すべて驚くほど変わってしまった……。

夕食後、ブレークは一人でどこかへ出かけていく。おそらく町のパブへでも行っているのだろう。そこには、気の合う大人の仲間がいるのに違いない。

五日目も同じように夜が明けた。ただいつもよりさらに暑く、空は黄色みを帯びていた。午後の蒸し暑さはいちだんとひどく、あらゆるものが息をふさがれた感じだった。

ファーンはむずかり、しまいにはかんしゃくを起こして泣きだす始末だった。いつもはブレークのそばにいるほうが好きなのに、珍しくジェイムにくっついていたがる。別荘に来て以来ベッドで本を読むのはブレークの役目だったが、今日はジェイムに読んでくれと言う。

ファーンを寝かせて階下へ下りたとき、ブレークの姿はなかった。またしても一人でぽつねんとしているのかと思うとたまらない気持になる。けれど、ファーンを置いてどこかへ出かけるわけにもいかない。

遠くで不気味に雷鳴がとどろく。ベッドに入る時間になっても、ブレークは帰らなかった。車は家に置いてある。となれば、雨が降りだしたらびしょぬれだ。〝わたしを置き去りにして出かけた罰よ。いいきみだわ〟ジェイムは胸の中でひとり言を言った。

夢の中に、寒くて暗いほら穴が現れた。見えない天井から水がしたたり落ちてくる。じとじとと冷たくて気持が悪く、よけようとするのだが体が動かない。身震いしてはっと目をあけると、本当に天井からぽたぽたと水が落ちていた。ベッドの真上で雨もりがしているのだ。

外では風雨がすさまじい音をたて、窓から吹き込む風にカーテンが大きく揺れ動いている。気温も五、六度下がっている上に体がぬれているので寒くてたまらない。暗がりでベッドからはい下り、タオルのガウンを手さぐりしたところ、たちまちベッドの脚につま先をぶつけてしまった。痛い！と思わず片足立ちになって飛び上がると、今度は椅子が引っくり返った。

部屋の外に明かりがともり、ブレークがしかめっ面をして入ってきた。「びっくりするじゃないか。何ごとだ？」

彼もタオルのガウンをはおり、ベルトを締めかけている。ジェイムは天井を指差した。

「スレートが飛んだんだな。明日、町の修理屋に来てもらおう。ファーンの部屋は大丈夫か？」

「見てくるわ」

ファーンは別に異状もなく、すやすやと眠っていた。部屋に戻ると、ブレークがベッドカバーをはがし、マットレスを外しているところだった。

「何をしてるの?」

「立てかけてかわかすのさ。今夜はぼくのベッドに来なさい。ここで寝るのは無理だ」ジェイムがぼうっとしているうちに彼は言葉を継いだ。「だからって、ぼくは階下の長椅子で寝たりはしないよ。一メートル二十センチくらいしかないんだから」

当然だ。ジェイムだってあの椅子では体を丸めなくては寝られない。

「わたし、ファーンの部屋で寝るわ。床に」ジェイムは冷静に答えた。

「ばかを言うんじゃない。あんなにいいダブルベッドがあるのに、つまらない犠牲を払うことはないよ。だいたいきみは昔から殉教者ぶるのが好きだったね、ジェイム。おいで。ここはこのままにして、明日片づけよう」彼はジェイムが身震いするのを見て言い足した。

「ほらほら、寒いんだろう?」

「体がぬれてるからよ」ジェイムは再び体を震わせ、あくびをおさえた。あたたかいベッドがことのほか恋しく、疲れてしまってこれ以上言い合いをする気力がない。第一、何を怖がる必要があるのだろう? 彼が抱こうとしそうで怖いのだろうか? 〝彼の好きなようにさせればいいじゃないの!〟心の片隅でため息まじりに言う声が聞こえる。

ネグリジェを替えようと思ってさがし始めたところで、はっと気がついた。もう一着は今朝洗ってまだ階下のアイロン用バスケットに入っているのだ。かといってこのままぬれたのを着ているのは気持が悪い。そうだ。母に買ってもらったシルクのスリップがある。ジェイムは顔をしかめてスリップを取り出し、バスルームに持って入った。タオルでふいていくらか温かくなった体に、シルクの肌ざわりが心地よい。いつものコットンのネグリジェに比べて特に肌が出ているわけではないが、明らかにこのほうが挑発的だ。

ペンブロークに来てからだいぶ太陽を浴びたので、肌は薄い生地の下で柔らかな小麦色に輝いている。シルクはやさしく体にまつわりつき、恥ずかしいような気がするが、これしか適当なのがないのだから仕方がない。タオルのガウンをはおり、ブレークはもう眠ってしまったかもしれないと自分を元気づけて寝室へ向かった。

ところが、ブレークは枕《まくら》を背に体を起こし、スタンドの明かりで何やら入力したものを読んでいた。ドアがあいたときにちらりと目を上げた以外は、ジェイムのほうを見ようともしない。それでもジェイムは彼に背を向けてベッドの横に立ち、すばやくガウンを脱いだ。これなら、たとえ見られても後ろ姿だけですむ。ベッドの縁に腰を下ろし、カバーをめくって……ふと正面を見ると、窓と窓の間に大きな鏡があって二人の姿を映し出していた。ブレークは片手で頭を支え、じっと鏡の中のジェイムを見つめている。その目つきには、顔を赤らめずにいられない。

「先に寝てくれればよかったのに。早くやすみましょうよ」ジェイムは冷ややかに言った。

「それを着てきたのは、ぼくに見せたかったからじゃないのかい？　きみは例の木綿の寝巻きがお気に入りなんだろ？」

「これしかないから着てきたのよ」ジェイムはぷんとして答えた。「ネグリジェは二枚しか持ってこなかったんですもの。一枚はぬれちゃったし、もう一枚は階下なの。これを着るか何も着ずに……」

「ぼくは何も着ないほうがいいな」ブレークはやんわりと言い、止める間もなく胸についている小さなパールのボタンに手を伸ばした。

「ブレーク、やめて！」

「しいっ。大声を出すとファーンが起きるよ」彼は抵抗するジェイムの手をやすやすとつかまえ、背中に回しておさえつけた。

「よしよし。おとなしくしておいで」ブレークが片手で二つ三つボタンを外すやスリップはぱらりとはだけ、上下する素肌の胸がのぞいた。何をするの！　ジェイムはかっとして彼を蹴《け》飛ばした。十分前には心のどこかで彼の愛撫《あいぶ》を待ちこがれていたのに。背中で手首をおさえている彼の手にぐっと力が入り、バランスを失ったジェイムをベッドに押し倒した。

「どうしようっていうんだ？」ブレークはふざけた口ぶりで言った。「こうか？」

〝こう〟とは、ボタンをウエストまで外すことだった。鏡に惨めな自分の姿が映っている。まるで主人にもてあそばれる奴隷みたい。けだるそうに伸ばした体、すんなりして日焼けした脚、つややかなシルクのスリップ。ベッドに横たわっている自分の姿そのものがなまめかしく、いっそう腹が立つ。

「ブレーク、ばかなことしないで。放してちょうだい！」

「いやだって言うのならすぐにやめるよ」ブレークは頭を下げ、胸をおおっている薄いシルクを口で押しのけた。「どうだい？　いやか？」

ブレークの唇が感じやすい肌をくすぐる。ジェイムはたちまち熱く燃え、自分をおさえようとして体を硬くした。

「さあ、いやだって言ってごらん。そうしたらやめるよ」

いやだと言いたい。せめてプライドを傷つけずにおきたいから。けれど、舌を縛られたみたいに口がきけないのだ。感じるものはただ一つ、波のようにあとからあとから押し寄せてくる熱い思いばかりだ。

「きみは前からこうするのが好きだった」ブレークはそっとつぶやき、心得顔でジェイムの上気した顔を見つめた。「違うと言いたいのかい？　だけど言えないだろう？　ここを……」彼の唇が、ぴくぴくと脈打つジェイムの喉に触れる。「ここを見ればすぐにわかる。隠したってだめだよ。きみの体は応《こた》えたがっているんだから。きみを燃やしたい。ひと晩中かかっても」

「ブレーク……だめよ」ジェイムは必死に彼を押しやった。「わたし、体を利用されるのなんていや」

「何を言ってるんだ」よどみなく言い返す彼の声は、穏やかながらかすかな憤りを含んでいた。「きみこそぼくを利用してるじゃないか。お母さんの手前……」

そう言われては返す言葉もない。ジェイムは抵抗をやめて体の力を抜いた。

「いいわ。力づくで言うことを聞かせたいなら勝手にそうなさいよ。ただ……ただ、早くすませて」

「暴力に訴える気はないよ。それから、きみが早くすませてほしいはずはない。できるだけ時間をかけて楽しみたいに決まっている。きみはいつだってそうだった」

否定しても始まらない。二人ともそれが事実であることはよく知っている。ブレークの唇はキスを繰り返しながらジェイムの胸の谷間を下り、一番下のボタンのところで止まった。ジェイムは息をのんで彼を押しのけようとした。応えまいとしても、体は彼の慣れた愛撫に応えて震えてしまう。体をおさえていたブレークの手が離れた。もう、ジェイムが抵抗しないとわかったかのように。

ブレークが与えてくれるあの甘い苦しみに酔いたい。ジェイムは体を弓なりにそらし、彼の引き締まった背に手をすべらした。ブレークの手がするりとスリップを引き下ろすと、じかに肌と肌が触れ合い、ブレークのぬくもりが伝わってきた。今となっては拒みようもない。ジェイムの全身は彼のものになりたいと訴えかけている。

胸に触れる彼の唇がうれしい。ジェイムは我知らず彼の肌に歯を立てていた。

「ジェイム」

ブレークは応えてくれと言わんばかりに激しく唇を重ねた。ジェイムはためらいもなく喜びに満ちてキスを返し、燃える思いを彼にぶつけた。感覚はますます鋭くなっていく。体をまさぐる彼の手に、忘れかけていた甘美な世界がよみがえる。ジェイムも手を差しのべ、彼の男らしいきりりとした体を愛撫した。

ブレークの喉の奥からかすかな声がもれる。彼も歓喜に浸り、ジェイムの体を求めて燃えているのだ。だが、ジェイムはわざと彼をじらした。とうとう耐えられなくなったのか、ブレークは体を震わせきつくジェイムを抱き締めた。彼と結ばれたその瞬間、ジェイムの体の奥でくすぶっていた鈍いうずきは、完全にいやされて消えていった。

二人は外でたけり狂う嵐にも似て激しく燃えた。力にあふれる彼の体。熱い愛のいとなみ。ジェイムの体は彼に応えて止めようもなくおののいた。やがて恍惚《こうこつ》感にのまれ、ひとりでに叫び声が口をつく。けれど、情熱の波はまだ静まらない。次から次へ、さらに高まっては寄せてくる。星の間を抜けて果てしない空間へ昇っていくような、くらくらする思い――。満たされた叫び――。だが、歓喜の声はブレークの唇にさえぎられた。喜びの涙が頬を伝う。その涙を、彼の唇がそっとぬぐってくれた。

ジェイムは彼と体をからませ合い、彼の腕の重みを受けながら眠りに落ちた。

朝目が覚めたとき、ブレークはすでに寝室にいなかった。階下で物音がするのでベッドから下りようとしたが、体が言うことを聞かない。やっとスリップを拾い上げたところへ、ファーンが飛び込んできた。その後ろにはブレークが……。

「食事だよ」彼は静かに言った。「今朝はベッドで食べたいだろうと思ってね」

ジェイムは、顔が赤らむのをどうすることもできなかった。全部わかっているとほのめかすような言い方――ジェイムの肌をかすかに染める愛の傷跡も、体に残る痛みやけだるさも、何もかも。

ブレークは朝食を置いて出ていった。一人になったジェイムは、半ばほっとし半ば失望した。これから先どうなるのだろう？　ブレークは一度も愛しているとは言ってくれなかった。ずっと夫婦として暮らそうとも。彼と話をしなくては。このまま彼とベッドをともにし、彼と一緒に生活するわけにはいかない。これほど彼を愛しているのに、彼のほうは……。

階下に下りると、台所にメモが置いてあった。ファーンを連れて海へ行ってくる、とある。

嵐が去ったあとの空気は澄んですがすがしく、明るい青空に太陽がさんさんと輝いている。ぬれたベッドカバーを洗おうと思って階下へ持って下りたのはいいが、洗剤が切れていた。車で町へ買いに行ってこようかしら？　たいして時間はかからないだろう。ところが店は意外にこんでいて、帰途につくまでに三十分以上かかってしまった。

やっと別荘の前に車を止めたとき、ブレークが中から飛び出してきた。それも血相を変えて。

「ジェイム！」

「どうしたの？」ジェイムは恐怖感にかられた。「まさかファーンに何か……」

「ファーンは階上《うえ》で昼寝してるよ。どこへ行ってたんだ？」

「町へ洗剤を買いに行ってたのよ」

気のせいか、ブレークはわずかに安堵《あんど》の色を浮かべた。

「どこへ行ったと思ったの？」

「ぼくから逃げていったのかと思った」ブレークの声にはまったく抑揚がなかった。「ジェイム、この辺でゆっくり話し合わなくちゃいけないな。ぼくはあせっちゃいけないと自分に言い聞かせてきた。きみには充分時間をあげるべきだと。だが、もう待てない。前にきみが出ていったとき、ぼくは考えたんだ。もっと時間をかければ、きみに不安な思いをさせなければ、きみに嫌われずにすんだんじゃないか、ってね。もう一度愛して……」

「嫌われずにすむですって？」ジェイムは家の外に置いてある木の椅子に腰を下ろし、まじまじと彼を見つめた。「何を言うの、ブレーク？　わたしはあなたが嫌いになったことなんかなくってよ」

「そんなはずはない。きみは、出ていくときスージーに言い残して行ったじゃないか。〝ブレークに言ってちょうだい。彼なんか大嫌いだって。もう顔も見たくない。彼に会うくらいなら死ぬほうがましだ〟って」

「とんでもない。そんなこと言うものですか！　スージーはわたしのところへ来て、あなたはわたしにうんざりしたからエル・サルバドルの仕事を志願した、って言ったわ。それで……ブレーク……」

ブレークはジェイムの隣に座り込み、両手で頭をかかえ込んだ。「なんてことだ！　今の話は本当かい？」

「もちろんよ。どうしてわたしが嘘をつくの？　わたしは、いつだってずっとあなたを愛していたわ」ジェイムは穏やかに言った。「わかっていたでしょう？」

「きみは子供っぽい気持でぼくに夢中になっていたんだ。だから、ぼくはきみがもっと大人になるのを待たなくちゃいけないと思った。世間とか、結婚生活とかいうものがはっきり見えてくるまでね。それに、ぼく自身も結婚生活に慣れるためには時間が必要だった。誰でもそうすんなりと新しい生活になじめるはずはないんだ。だがきみは、そばにいてほしい、安定した生活がほしいの一点張りだった。ぼくがそばにいられなかったら、きみはほかの男に走るんじゃないか――そう思うと、ぼくは怖かった。むろん、やがてはきみも大人になるし、ぼくたちの愛も円熟する。それまできみのそばにいれば、きみもぼくを家に引きとめておこうとはしなくなるだろう。その代わり、ぼくに求めていたものは安定した家庭生活以外何もなかった、と気づくかもしれない。そうなってはいけないと思って、ぼくはわざときみを突き放そうとした。きみがもっとよく現実を見つめられるように……」ブレークは首を振った。「あの日……けんかした日、ぼくはエル・サルバドルへは行かないと編集長に返事したんだよ。きみに後ろ髪を引かれる思いではいい仕事ができないから。ところが、その話をしだしたとたんにきみはかっとして突っかかってきた」

「だって、すごくびくびくしていたんですもの。子供ができたとわかったら、あなたは怒ってわたしから逃げていくと思ったのよ。あなた、子供はほしくないって言ったじゃない」

「きみがもっとしっかりした考えを持つまで待ちたかったからだよ。あの当時のきみは、ただ愛の対象になるものがほしかっただけだ。考えてもごらんよ、ジェイム。ぼくたちの子供ができたらうれしいに決まってるじゃないか」

「それでいて、どうして返事をくれなかったの？　子供ができたって手紙を出したのに。戻っていいですか、って書いたのに」

「本当かい？」ブレークは顔を曇らした。「ジェイム、ぼくはきみが出ていった次の日にあのフラットを出た。やけっぱちになって、気が変わったからエル・サルバドルへ行かせてくれと編集長に頼んだんだ。そのとき初めてエル・サルバドルへ行くことに決めたんだよ。スージーがカメラマンとしてぼくについた。きみも知っているとおり、ぼくたちは男と女のつき合いをしていたこともある。ただし、愛していたわけじゃない。体だけのつき合いだ。一緒に向こうへ行っている間、彼女はよりを戻そうと誘いかけてきた。だが、ぼくにはそんなことはできない。きみ以外の女はいらなかったんだ。スージーにそこまで言うのもむごい気がしたので、ぼくは何も言わずに新聞社をやめた。もっとも、社をやめたのは前から何か書きたいと思っていたからでもあるがね。とにかくぼくは帰ってきてすぐにお母さんに電話した。だけど、きみは会いたがらないだろうって言われたんだ」

無理もない。どれほどブレークを憎んでいるか、母に向かってヒステリックにまくしたてたことがあるのだ。あそこで真実を語っていたら、事態はまったく違っていただろうに。

「お母さんにしばらく待つように言われて、ぼくは待った。辛抱に辛抱を重ねて……。そのうち、お母さんから手紙がきてチャールズのことを知ったんだ。そこで、これ以上は待てない、ぐずぐずしていたら永遠にきみを失うかもしれない、と思って……」

「あの離れを借りたの？」

「そうだ。ところが、計画はまったくおかしくなってしまった。なんの因果か、最初からきみと対立しちゃったんだからね。カロラインが僧院をバロン一族に売ると聞いたとき、ぼくはすぐにこれはいけないと思った。だが、反対したら離れから追い出されそうなので、賛成のふりをしたんだよ。きみのそばから離れるわけにはいかなかったんだ。ジェイム、ゆうべのことだけど……」

「ゆうべは、今までのうちで一番すばらしい夜だったわ」ジェイムは静かに告げた。「わたし、ずっとあなたを愛していたの。どんなにあなたから離れたことを後悔したか、自分の子供っぽさを悔やんだかしれないわ。あなたの言うとおり、わたしは大人げなくて、あなたにまつわりついてばかり――あれは、あなたがわたしをどう思っているのかわからなくて不安だったからなの。あなたがわたしを愛してくれるとは思えなくて……」

「いつかも言ったが、きみは頭からぼくを信用してなかったんだ」

「あなたがわたしと結婚したのは、単に責任感からだと――わたしがうぶだったからだと思ったんですもの」

ブレークは大きくため息をつき、ジェイムの肩に手をかけて自分のほうを向かせた。

「ぼくがきみと結婚したのは、愛してるからだよ。きみのいない人生に耐えられなかった。理由はそれしかない。本当はぼくも不安だったんだ。きみは、ぼくに体を許してしまったから結婚したんじゃないか、そのうち後悔するんじゃないか、と思ってね。ぼくたちはお互いに思い違いをしていたんだな。そのために、信じ合うことができなかった」

「そうね」

「嘘をついたスージーの首の骨を折ってやりたいよ。だが、それ以上に悪いのはぼくだ。彼女の言うことを信じたのがそもそも間違いなんだから。ただ、きみはあの二、三日いやに冷淡で……」

「子供ができたんじゃないかとうすうす勘づいていたからよ。一人になったときの心の準備をしていたの。だって、それがわかったらあなたはきっとわたしから逃げていくと思ったから」

「そんなことをするものか」ブレークは穏やかに言った。「今もきみを愛しているよ。ゆうべは、ぼくにすれば大きな賭《かけ》だった。どれほどきみを愛しているか、口で言えないものを体で伝えたかったんだ」

「わたしも愛してるわ、ブレーク……」

「そうこなくちゃ」

ブレークはふざけてにやりとした。だが、温かくジェイムにキスしたときの彼は、もはやふざけてはいなかった。ジェイムは喜びにあふれてキスを返した。長い間胸にひめていた愛を、今思い切り彼にささげたい。

「あなたがどうしてあれほど僧院の離れへ来て暮らせって言ったのか、やっとわかったわ」

「いや、きみが思う以上にぼくはやきもきしていたんだよ。バロンの脅しを知っていながら打つ手がなかったんだから。あの件については、まだきみの知らないことが一つあるんだ。僧院に別の買い手がついたってところまでは聞いてるね？」

ジェイムはいぶかしげな顔をしてうなずいた。

「その買い手というのはぼくなんだ。あの建物にひと目惚《ぼ》れしちゃったのさ。どの部屋に入っても、すぐきみの姿が浮かんできた。きみと、ファーンと、これから生まれる子供たちと……みんなをあの家に住まわせたくてたまらなかった。だが、バロンの手前、ぼくが買いたがっているってことはあくまでも伏せておいたんだ。ブルドーザーが入り込むに至って、カロラインもはっきり心が決まったらしい。あくる日すぐにぼくとの契約書にサインしたよ。きみに疑われたときはこたえたな。もし事前にバロンに知れていたら、きみはもっとひどい目に遭うところだった。でぶちまけたかった。だが、愛してもらえず信じてももらえないと思うと情けなくてね……」

「それでわざと何も言わなかったのね？　わたしが最悪の解釈をしてるっていうのに」

「もう全部すんだことだ」ブレークはジェイムの頭を自分の肩にもたれさせた。「きみさえよければ、できるだけ早く僧院に移ろう。ぼくはこれからも何か書いて暮らそうと思ってる。旅に出ることもあるだろうが、一緒に来ていいよ」

「わたし、もう、いつも一緒でなくちゃいやだなんてだだをこねるほど子供じゃないわ。離れていても、あなたを信じて待っていられてよ。いつだって、あなたを疑いたくはなかったの。心の中ではとってても愛していたんですもの……」

「ゆうべ雨もりがしてよかったな」ブレークはつぶやいてジェイムにキスをした。

本当に、彼の言うとおりだ。ジェイムは彼の体に腕を巻きつけた。もう別のベッドを使うことも、胸のうずきに耐えることもない。

「ブレーク……」ブレークの唇が離れたとき、ジェイムはうっとりと問いかけた。「ファーンの弟か妹がほしくない？」

ブレークはいたずらっぽく笑った。「口で答えてほしいかい？　それとも、身をもって示そうか？」

●本書は1985年11月に小社より刊行された作品を文庫化したものです。

恋愛キャンペーン
2024年7月1日発行　第1刷

著　者　ペニー・ジョーダン

訳　者　小林町子（こばやし　まちこ）

発行人　鈴木幸辰

発行所　株式会社ハーパーコリンズ・ジャパン
東京都千代田区大手町1-5-1
04-2951-2000（注文）
0570-008091（読者サービス係）

印刷・製本　中央精版印刷株式会社

定価はカバーに表示してあります。

この書籍の本文は環境対応型の植物油インクを使用して印刷しています。

Printed in Japan © K.K. HarperCollins Japan 2024 ISBN978-4-596-63734-5

7月12日発売

ハーレクイン・シリーズ 7月20日刊

ハーレクイン・ロマンス

愛の激しさを知る

夫を愛しすぎたウエイトレス　ロージー・マクスウェル／柚野木　菫 訳

一夜の子を隠して花嫁は　ジェニー・ルーカス／上田なつき 訳
《純潔のシンデレラ》

完全なる結婚　ルーシー・モンロー／有沢瞳子 訳
《伝説の名作選》

いとしき悪魔のキス　アニー・ウエスト／槙　由子 訳
《伝説の名作選》

ハーレクイン・イマージュ

ピュアな思いに満たされる

小さな命、ゆずれぬ愛　リンダ・グッドナイト／堺谷ますみ 訳

領主と無垢な恋人　マーガレット・ウェイ／柿原日出子 訳
《至福の名作選》

ハーレクイン・マスターピース

世界に愛された作家たち
〜永久不滅の銘作コレクション〜

夏の気配　ベティ・ニールズ／宮地　謙 訳
《ベティ・ニールズ・コレクション》

ハーレクイン・プレゼンツ作家シリーズ別冊

魅惑のテーマが光る極上セレクション

涙の手紙　キャロル・モーティマー／小長光弘美 訳

ハーレクイン・スペシャル・アンソロジー

小さな愛のドラマを花束にして…

幸せを呼ぶキューピッド　リン・グレアム他／春野ひろこ他 訳
《スター作家傑作選》

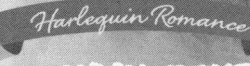

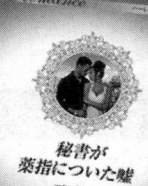

ハーレクイン文庫

「天使を抱いた夜」

ジェニー・ルーカス／みずきみずこ　訳

幼い妹のため、巨万の富と引き換えに不埒なシークの甥に嫁ぐ覚悟を決めたタムシン。しかし冷酷だが美しいスペイン大富豪マルコスに誘拐され、彼と偽装結婚するはめに！

「少しだけ回り道」

ベティ・ニールズ／原田美知子　訳

病身の父を世話しに実家へ戻った看護師ユージェニー。偶然出会ったオランダ人医師アデリクに片思いするが、後日、彼専属の看護師になってほしいと言われて、驚く。

「世継ぎを宿した身分違いの花嫁」

サラ・モーガン／片山真紀　訳

大公カスペルに給仕することになったウエイトレスのホリー。彼に誘惑され純潔を捧げた直後、冷たくされた。やがて世継ぎを宿したとわかると、大公は愛なき結婚を強いて…。

「誘惑の千一夜」

リン・グレアム／霜月　桂　訳

家族を貧困から救うため、冷徹な皇太子ラシッドとの愛なき結婚に応じたポリー。しきたりに縛られながらも次第に夫に惹かれてゆくが、愛人がいると聞いて失意のどん底へ。

「愛を忘れた氷の女王」

アンドレア・ローレンス／大谷真理子　訳

大富豪ウィルの婚約者シンシアが事故で記憶喪失に。高慢だった“氷の女王”がなぜか快活で優しい別人のように変化し、事故直前に婚約解消を申し出ていた彼を悩ませる。

「秘書と結婚？」

ジェシカ・スティール／愛甲　玲　訳

大企業の取締役ジョエルの個人秘書になったチェズニー。青い瞳の魅惑的な彼にたちまち惹かれ、ある日、なんと彼に2年間の期限付きの結婚を持ちかけられる！